太陽王と蜜月の予言

登場人物
紹介
アレン
太陽王と呼ばれる
サマルド国の若き王。二十五歳。
予言に従い月の姫を
迎えに来るが……
ライラ
赤子の頃ブルーノに拾われ、
それ以来、屋敷の使用人として働く。
心優しく芯が強い少女。
十八歳。

ブルーノ
辺境の街を治める領主。
女好きでずるがしこい。
マーガレット
ブルーノの娘。
銀髪の美しい少女。
太陽王の花嫁となる
月の姫候補。
クレイグ
アレンの頼れる側近であり、従兄《いとこ》。
穏やかで飄々《ひょうひょう》としたクセモノ。
ザラ
ブルーノの家の使用人で、
ライラの育ての親。
優しくしっかりした女性。

プロローグ

――この方は、なぜ私にこんなことをするの？

突然熱い唇を押し付けられ、崩れ落ちそうな身体に必死に力を入れる。冷えた身体を温めるかのように、大きな身体がライラを包み込んでいた。

まるで宝物にでも触れるみたいに、彼の柔らかい唇がそこら中に優しくキスをしてくる。

初めて出会った人にこんなことをされているというのに、不快な気持ちになるどころか、ふわふわと宙にでも浮きそうな心地よさを感じていた。

男の指がゆっくりと絶妙な強さで全身をなぞり、ライラはふるりと背筋を震わせる。

「ふ、あ……」

優しい愛撫に頭がぼーっとして、いつしか切なげな息を吐いていた。

崩れ落ちそうになった身体を、男が力強く支えてくれる。

熱に浮かされた瞳で見上げると、男は目を細めて再び唇を合わせてきた。

僅《わず》かに開いた唇の隙間から熱い塊《かたまり》が差し込まれ、口内をぬるりと舐《な》め上げる。熱く蠢《うごめ》くそれが男の舌であると気づく間もなく、ライラはされるがままに自らの舌を吸い上げられていた。

舌に軽く歯を立てられ、背中がぞくりと粟立《あわだ》つ。

粘膜同士を触れ合わせる初めての感触に、うっとり酔いしれる。

ふと、相手の唇が離れたことに気づいて、うっすら目を開けた。

月明かりの中、目の前の男の顔を見つめて首を傾《かし》げる――そんな訳がないと思いながら、ライラはそっと呟《つぶや》いた。

「……へい、か……？」

輝くばかりの金色の髪に、エメラルドのような緑の瞳。一度だけ見た肖像画の記憶が正しければ、彼はこのサマルド国の王に間違いなかった。

そのような方が、なぜこんな夜更けに川辺にいるのだろう。

これは夢だろうか。だとしたら、熱く火照《ほて》ったこの身体はなんだろう。

「あ、あ……っ、陛下、なにを」

首筋に舌を這《は》わされ、ライラは今まで上げたこともないような甘い声を上げた。

恥ずかしくてたまらないが、やはり嫌だという感情は全く湧いてこない。それどころか、まるで求められているみたいに感じて嬉しくなってしまうのだ。

彼はひどく楽しそうに口元を歪《ゆが》め、ライラの身体を舐め上げていく。その感触は不思議と気持ちがよくて、脚の間がむずむずしてくる。たまらず声を上げると、その人はまた嬉しそうに笑った。

「見つけたぞ、やっと」

男の言葉も耳に届かず、ライラは満月の下でただただ甘い声を上げ続けた。

1　月の姫と黒髪の娘

サマルド国の国境に近い辺境に、『奇跡の街』と噂される街があった。

この十数年、周りの街や村がどんなに日照りや水害に悩まされようが、その街は何かに守られているかのようにずっと豊作が続いている。元は小さな街であったそこは、いつの間にか大きな街へと変貌《へんぼう》を遂げていた。

その街が、お祭りでもないのに時期はずれの賑《にぎ》わいを見せている。街は華やかに飾り付けられ、誰もがどこか浮足だっていた。

「いよいよ、陛下がマーガレット様に会いに来られるってよ！」

「こんな辺境の街に月の姫が現れるなんて、めでたい話だねえ」

街の人々は顔を合わせれば『月の姫』の話題でもちきりになる。

月の姫とは、国王の花嫁となりサマルド国に繁栄をもたらすと言われている銀髪の娘のことだ。

マーガレットは、この街の領主ブルーノの娘で、銀色の髪をしている。この街が『奇跡の街』と呼ばれるようになったのはマーガレットが生まれてからだと言われており、街の人々はマーガレットを『月の姫』だと信じて疑っていなかった。

そんな『奇跡の街』の噂が王宮まで届き、ついに国王本人がこの街にやって来ることになったのだ。

国王一行を迎えるとあって、領主ブルーノの屋敷では慌《あわ》ただしく使用人たちが働いていた。

「ライラ、マーガレット様のお部屋の掃除に行っとくれ！　この忙しい時に『私の部屋を一番キレイになさい』ときたもんだ。昨日徹底的に掃除させられたばかりだってのに」

メイド頭《がしら》がうんざりした様子で、台所のすみっこでじゃがいもの皮を剥《む》いていたライラに声をかけてくる。

「ほら早く！　マーガレット様が、あんたをご指名なんだよ」

「は、はい！」

ライラは慌てて立ち上がった。

今年で十八になるライラは、赤ん坊の時に川辺に捨てられていた孤児だ。偶然通りかかったブルーノに拾われ、以来物心がつく前よりこの屋敷で下働きをしている。

どういう理由かはわからないが、マーガレットはそんなライラを何かにつけて呼びつけ、自分がいかに優れた『月の姫』かを思い知らせるのだ。

ライラは粗相《そそう》のないように入念に手を洗い、掃除道具を持って階段を駆け上がった。

「マーガレット様、ライラです。お部屋のお掃除に参りました」

コンコンと控えめにノックをすると、部屋の中からはひどく不愛想な声が響いてくる。

「遅いわよ！」

身をすくませながら扉を開け、ライラは深々と頭を下げる。

濃いイエローのドレスを身に纏《まと》ったマーガレットは、不機嫌そうな表情で長椅子に身体を預けていた。その背に流れる豊かな髪は、美しく艶《つや》やかな銀色だ。この銀色の髪こそ、彼女が『月の姫』候補である証《あかし》だった。

「陛下は、私に会うためにこの屋敷にいらっしゃるのよ。だったら私の部屋を一番キレイにするのは当たり前じゃない。本当に皆、気が利かないわね」

ブラウンの瞳を細めてそう言い放つと、マーガレットは鈍く光る銀色の髪を揺らしながら立ち上がった。

「ほら、さっさと掃除しなさい」

「はい、今すぐに」

慌ててライラは手に持った箒《ほうき》で、埃《ほこり》ひとつ落ちてはいない床を丁寧に掃き始めた。

頭を低く垂れたライラを見て、マーガレットが可笑《おか》しそうに言った。

「汚らしい髪ね……。艶がなくてボサボサで」

まっ黒で艶のないライラの髪は、櫛《くし》でとかすとすぐにブチブチと切れて広がってしまう。どうせ手入れをしても無駄だと、いつも髪を無造作に麻紐《あさひも》で一つに縛っていた。

「その汚い髪を落とさないように、注意しなさいよ」

「は、はい」

美しいマーガレットに鼻で笑われ、ライラは恥ずかしさに俯《うつむ》きながら黙々と掃除を続ける。

多少目元に気の強そうな性格が表れてはいるが、健康的な肌に切れ長の目をしたマーガレットはとても美しい少女である。領主の娘ということもあり縁談も後をたたなかったが、それを全て断っているのはひとえに『月の姫』として王妃になると本人が決意してるからだろう。

美しいマーガレットに対し、ライラは身寄りのない孤児だ。

それに、ブルーノに拾われなければ、死んでいたかもしれない。それを思うと、こうして雇ってもらえているだけ幸せだ。

黙々と掃除を続けていたライラは、ふと寝室の奥に小さな絵画が飾られているのに気づいた。前にマーガレットの部屋に掃除に来た時には、絵など置かれていなかった気がする。

何気なくその絵画を見た瞬間、ライラの胸がどきんと大きく跳ねた。思わず掃除の手を止め、その絵に見入ってしまう。

「ふふ。あんた、あれがなんの絵か知ってる？」

掃除の手を止めたライラを叱りつけもせず、マーガレットがなぜか微笑んで話しかけてきた。

無言で首を横に軽く振ると、マーガレットの笑みはさらに深くなる。

「サマルド国の若き王、アレン様の肖像画よ！」

そこでライラは、マーガレットが注意しなかった理由を理解した。彼女はこれを見せるために、ライラを部屋の掃除に呼んだに違いない。

聞いた話によると、マーガレット以外にも月の姫候補の娘はたくさんいるらしい。だが、こうして国王の肖像画が王家より送られてきたのなら、マーガレットが『月の姫』と認められたということを意味しているのだろう。

「おめでとうございます、マーガレット様」

深々と頭を下げつつも、なぜだかライラはあの肖像画が気になって仕方なかった。自然と視線が引きつけられそうになるのを、必死に耐える。

そんなライラの様子に気づき、マーガレットは楽しそうに肖像画へと近づいた。

「さすが太陽王と言われるだけあって、アレン様は本当に素敵な方なのよ。見て、この美しい金髪……並ぶときっと、私の髪とつり合いが取れるわね」

国王に対して「自分とつり合いが取れる」などという発言はどうかと思ったが、この屋敷ではマーガレットが絶対だ。ライラは賢明にも口を噤《つぐ》み、再び掃除の手を動かし始めた。

しかしどうしようもなく肖像画に惹《ひ》きつけられてしまう。無意識にチラチラと目線を動かしていたライラの前に、マーガレットが立った。

「そんなに見たいの？　特別に、もっと近くで見せてあげてもいいわよ」

「え……」

思いがけない言葉に、ライラは思わず掃除の手を止める。

マーガレットはそんなライラの反応に笑みを浮かべ、寝室から肖像画を持ってきてライラの目の前に掲げた。

「ほら、見てごらんなさい」

ライラは吸い寄せられるようにその肖像画を見つめた。

（この方が、国王のアレン様……）

意志の強そうな目でこちらをじっと見据えている王は、黄金の髪に王冠を載せ、白い正装に身を包んでいる。森林を思わせる緑の瞳に、すっと通った鼻筋をした高貴な顔立ち。ライラは自然と、ほおっと感嘆ともとれるため息をついていた。

「素晴らしいお姿でしょう。アレン様は、先代の王が亡くなられた時にはまだ二十歳にも満たなかったのに、このサマルド国を立派に治められているの。今や先代を超える名君と言われているんだから」

マーガレットは興奮した面持ちで言うと、絵画を胸に抱えた。そして、絵画に目を奪われていたライラに向かって勝ち誇ったような笑みを浮かべる。

「この方が、私の未来の夫なのよ」

マーガレットが「未来の夫」と口にした瞬間、ライラの胸がずくりと締め付けられるように痛んだ。表情を曇らせたライラを見て、マーガレットがくすくすと笑った。

「さあ、いつまでぼーっと突っ立ってるの。自分の仕事をしなさい。ぐずね」

「申し訳ありません」

ライラは小さな声で謝ると、再び手を動かし始めた。無理やり気持ちを切り替えて、ライラは丁寧にマーガレットの部屋の掃除を終える。

「失礼いたします」

気怠《けだる》そうに長椅子に腰掛けているマーガレットに声をかけ、ライラは静かに部屋を後にした。

（陛下が、マーガレット様を迎えに来られる……）

――白銀の輝きを髪に閉じ込め生まれてきた娘は月の姫と呼ばれ、太陽王の花嫁となる。

伝説とも予言とも言えるその話は、サマルド国の者なら誰でも知っていた。銀の髪を持ちこの街に奇跡を起こしていると言われているマーガレットが、月の姫として国王に迎えられるのは当然だ。

それに、ライラには関係のない世界のこと。

皮を剥《む》かなければならないじゃがいもは山ほど残っているし、下働きのライラがやらなければならないことはたくさんある。

日々を生きるだけで精一杯のライラには、所詮別世界のことなのだ。

頭の片隅にちらつく国王の姿に気づかないフリをしながら、ライラは小走りで台所へと戻った。

国王の一行がやって来る前夜、屋敷の使用人たちは全員食堂に集まるようにと指示された。ライラも、育ての親であるザラと一緒に食堂へ向かう。

ライラより二十歳年上のザラは、捨てられていた自分に、『ライラ』と名を付けて娘のように育ててくれた女性だ。

しばらくすると、口ひげをたくわえたブルーノが威厳たっぷりに食堂へ姿を現した。

「明日、いよいよ陛下がこの屋敷にお見えになる。皆、くれぐれも粗相《そそう》のないように。明日は全員、新しく配った服を身に着けるんだぞ」

国王がこんな辺境の領地を訪れることなど滅多にない。本来なら一生目にすることなどない国王を見られるかもしれないとあって、使用人たちの間に言葉にならない興奮が広がっていく。

そんな中、ライラは沈んだ顔で冷たい石の床に目を落とした。特別なお客様が来る時、ライラは必ず地下室に閉じ込められるからだ。

『お前のような者をお客様の前に出して粗相《そそう》されては大変だ』

ブルーノはいつもそう言って、有無を言わさずライラに地下室行きを命じるのだ。

確かにライラはそれほど仕事ができるわけでもないし、バサバサでみすぼらしい髪をしている。こんなみっともない使用人がいては、陛下の印象を悪くしてしまうのかもしれない。

(でも……遠くからでもいいから、一目陛下を見てみたい)

ライラが祈るように胸の前で手を握っていると、それに気づいたザラが優しく背中をさすってくれた。

「おい、ライラ」

しかし、低いダミ声に呼ばれ、ライラはザラの傍でびくりと身体を震わせる。声をかけてきたのは、この屋敷の主《あるじ》であるブルーノだ。

「わかっているな?」

確認するように、ブルーノの指が下に向けられる。

「……はい」

か細い声でそう答えると、ブルーノは肥えた身体を揺らしながら二、三度頷いた。

わかってはいたが、悲しくなってライラの気持ちが沈んでいく。

「いいか。拾ってやった恩を忘れて言いつけを守らない時には、この屋敷から追い出してやるからな」

そう言うとブルーノは食堂から去っていった。その後ろ姿を見送りつつ、ザラがため息をつく。

「可哀想に。またあんな暗い地下室に行かなきゃならないなんて……」

ライラはザラに心配をかけまいと、無理に笑顔を作った。

「大丈夫。ほんの数日のことだもの」

ザラは悲しそうに眉を寄せて、ライラの髪の毛を優しく撫でてくれる。黒くてパサパサに傷《いた》んだ髪を、こんな風に優しく撫でてくれるのはザラだけだった。

必ず毎日様子を見に行くと力強く手を握るザラに見送られ、ライラは静かに部屋を出ると地下へ続く階段に向かった。コツコツと靴音を立てながらじめりとした地下に向かうのは、否《いや》が応《おう》でも気が滅入《めい》る。

見張りもいない。鍵もかけられていない。逃げようと思えばどこにでも逃げられる。だが、この屋敷しか知らないライラにとって外の世界は未知の世界だ。逃げ出すことなど想像もできない。

——でも……このまま、ここで一生を終えるのかしら。

そんな考えに囚われていたからだろうか。背後からブルーノが近づいてきているのに、ライラは全く気づかなかった。

「何をしている。さっさと中に入らないか」

突然すぐ後ろから低いダミ声が聞こえてきて、ライラは飛び上がらんばかりに驚いた。

「す、すみません……」

「お前が隙を見せるのは珍しいな」

にやりと嫌らしい笑みを浮かべたブルーノが、ライラにさらに近づいてくる。さっと背筋に寒気が走り、ライラは数歩後ずさった。

「川の傍に捨てられていた赤ん坊のお前を、拾ってこの屋敷に連れてきてやったのは誰だ？」

「ブ、ブルーノ様です」

ライラは震える声でそう答えた。

ブルーノは舌なめずりをしながら、怯《おび》えるライラに近づいてくる。

「ふん。痩《や》せっぽちでかかしのような子供だったのに、年頃になって多少肉付きがよくなってきたじゃないか」

じろじろと胸元を見つめられ、ライラは咄嗟《とっさ》に両腕で胸を隠した。細い身体とは裏腹に、ライラの胸は服の上からでもはっきりわかるほど大きくなっていた。

ブルーノにそれを見られていると思うと、背筋が凍り付く。

「お前を拾ってやったのは俺だ。俺がいなければ、お前はあのまま野垂《のた》れ死《じ》んでいたかもしれないのだぞ。……命の恩人である俺がお前をどうしようとも、なんの問題もないな」

間近から酒臭い息を吹きかけられて、ライラは必死にブルーノから顔を背《そむ》けた。

彼の女癖の悪さは街中に知れ渡っていて、酒場で女を弄《もてあそ》ぶ様子はよく噂されている。さらにブルーノはライラが成長するに従い、たびたびこうして気持ちの悪い言葉をかけてくるようになっていた。

青ざめてぶるぶると首を振るライラの胸元へ、遠慮のないブルーノの指が伸ばされる。背中に冷たい地下室の扉があたり、これ以上は逃げ場がない。ブルーノの指に触れられそうになったその瞬間、ライラの身体の中に不思議な感覚が湧き起こった。

「うわぁっ！」

地下室に光がはじけたと同時に、バチンと大きな音が響いた。

ブルーノが大きくのけぞってライラから距離を取る。驚いて目を見張っていると、指をさすっているブルーノに睨《にら》み付けられた。

「チッ……いつもいつもこうだ。本当に気味の悪い娘だな」

忌々《いまいま》しそうに吐き捨てたブルーノが恐ろしくて、ライラは壁際で小さくなって震えていた。

「いいか！　明日から俺がいいと言うまで、絶対にそこから出てくるなよ！　お前のような気味の悪い娘を陛下のお目にかけるわけにはいかないからな！」

ブルーノはくるりと踵《きびす》を返すと、そのままカツカツと靴音を響かせながら足早に階段を上っていった。

一人残されたライラの周りに、一気に静寂が漂う。ブルーノの気配が完全に消えたところで、ようやくライラはほっと安堵の息を吐いた。

「よくわからないけど……また助かったみたい」

屋敷の使用人は女性だけではなく、むしろ男性の方が多い。そんな男性たちが、使用人の中で一番若いライラに目をつけるのは自然なことだ。

数年前からライラはブルーノだけでなく他の男たちからも何度も襲われそうになっていた。けれどその度に、不思議な力が男たちをはねのけてくれたのだ。

けれど、それが原因でライラは「気味の悪い子ども」だと噂されるようになり、ザラ以外の使用人からは距離を置かれるようになってしまった。だが、それにより男たちが近づいてこなくなるのならライラにとっては好都合だ。

不思議な力が働く理由はわからないけれど、ありがたいとさえ思っていた。

「ライラの心が優しくて一生懸命だから、月の神様がライラを守ってくださってるのかもしれないわね」

いつだったか、皆に距離を置かれる原因を恐る恐るザラに打ち明けると、彼女は気味悪がることもなくそう言ってくれた。唯一の味方であるザラにそう言われ、どれほどほっとしたことだろう。

その時、なぜザラが月の神と言ったのかはわからないが、ライラはそれ以来必ず月に向かって祈りを捧げるようになっていた。

「ありがとうございます、月の神様」

暗く閉ざされた地下室から夜空に浮かぶ月が見えるはずはない。けれど目を瞑《つぶ》って祈りを捧げると、まるですぐ傍で月が光輝いているような気がするのだ。

瞼《まぶた》の裏で銀色の光を感じながら、ライラは深く息を吐いた。

ゆっくり瞼を開いても、そこに広がるのは暗く湿った地下室だ。

ライラはどこか寂しさを覚えつつ、部屋の隅に置かれた堅いベッドに近づきそっと身体を横たえた。

そうして思い出されるのは、明日やって来る国王のこと。

けれども国王は、ライラが暗い地下室で過ごしている間に、マーガレットを連れてこの地を去ってしまう。そう思うと、なぜか胸が痛くて仕方なかった。

ただ一度肖像画を見ただけの相手なのに、どうしてこうも気になってしまうのか、ライラ自身にもわからない。

きっと、こんな胸のざわめきは、一時《いっとき》のものですぐに忘れるに違いない。

ライラは無理やり自分を納得させると、そっと目を閉じた。

＊　＊　＊　＊　＊

戦でもなければ外交でもないのに、こんなに長く馬車に揺られる必要などあるのだろうか。

サマルド国の若き王アレンは、革張りの馬車の座席に背を預け不機嫌そうに腕を組んだ。

馬車の中にいるのは側近のクレイグだけだ。心を許し全てを話せる相手を前に、アレンは内心の苛立ちを隠そうともしない。

「月の姫なんてくだらない、そんな感じのお顔ですね」

向かい側の座席に座るクレイグが、そんなアレンに苦笑いしながら言った。

「……くだらないとは言わない。必要ないと思っているだけだ」

父である先代の王が早くに亡くなったため、アレンが即位したのは十五歳の時。あれから、もうすぐ十年が経とうとしている。

確かに二十四歳ともなれば、王妃を迎え跡取りがいてもおかしくない年齢ではある。だが、わざわざ『月の姫』を探しだし王妃とする意味がアレンにはわからなかった。

「皆、早くアレン様に跡取りが欲しいと心配しているのですよ」

「だったら、どの娘だって構わないだろう」

「下手《へた》に貴族の娘を王妃に迎えるよりも、伝説の月の姫を娶《めと》った方が箔《はく》がつくでしょう？　何より、王家お抱えの予言者ブラウン様があんな予言をされたとあってはね」

アレンはふんと鼻を鳴らして、馬車の窓から外を眺める。

――白銀の輝きを髪に閉じ込め生まれ出た娘は、月の姫と呼ばれて太陽王の花嫁となる。そして、サマルド国にさらなる繁栄をもたらすだろう――

この国の民なら誰もが知っている伝承だが、実はこれはただのおとぎ話ではない。月の姫とは伝説でも夢物語でもなく、王家の正式な歴史書にも記されている存在なのだ。

現実的なアレンと違って、父である先代は信心深く伝承や慣《なら》わしをひどく重んじていた。その父が絶大なる信頼を寄せていた予言者ブラウンを、父の死後、王宮から追い出さなかったのをこれほど後悔したことはない。

ここ数年、相談役として王宮で静かに暮らしていたブラウンが、突然『月の姫は既にこの世に生を受けている。近い将来、太陽王と巡《めぐ》り合うだろう』と予言したのだ。

「あのジジイ……ゆっくり余生を楽しめと言ったのに、ここにきて面倒なことをしてくれたものだ。おかげで『月の姫』を名乗る不届き者が後を絶たなくなったではないか」

予言者として前王の信頼が厚かったブラウンの言葉だけに、特に年配の家臣たちは喜びに沸き、こぞって『月の姫』探しを始めた。

おかげで『月の姫』を探す王家の動きは国内に漏《も》れてしまい、月の姫を名乗る娘が何人も城を訪ねてくるようになってしまったのだ。

「まあまあ。そんな風に言いながらも、結局はブラウン様を城から追い出したりなさらないですもんね。陛下はお優しい方ですよ」

そう微笑みながら言われ、益々不機嫌そうにアレンは横を向いた。

家臣という立場であるが、クレイグは血の繋《つな》がったアレンの従兄《いとこ》だ。同じ乳母《うば》につき共に学び育ってきただけあって、気心は知れすぎるほど知れている。ゆえに、なんでも言いたい放題だ。

「大変ですねえ。王ともなると、結婚相手も自分で決められず……本当にいるかどうかもわからない『月の姫』を探し出さなきゃいけないなんて」

アレンと違い幼い頃から恋多き男だったクレイグは、去年大恋愛の末に王都で働くパン屋の娘を妻に迎えた。仮にも王の従兄で第一の側近でもある人物が、と周りの大反対を押し切っての結婚だった。

二人は、一年経ってもなお冷める気配など全くない熱愛ぶりを見せている。それゆえ、今回、妻と離れての同行を命じたアレンをクレイグは笑顔でチクリチクリと攻撃してくるのだ。

「そう他人事《ひとごと》のように言うがな。お前だって本来ならパン屋の娘など嫁に迎えている場合ではないのだぞ。俺に何かあれば、王位を継ぐのはお前しか……」

「あ、無理です。妻と結婚する時に、私は正式に王位継承権を放棄してますからね」

アレンは馬車の天井を仰いだ。

「クレイグ……改めて言うが、俺に何かあったらこのサマルド国をどうするつもりだ」

「やだなあ。だからそうならないために、こうやって、いるかどうかもわからないお姫様探しに同行してるんじゃないですか」

クレイグはにっこりと不敵な笑みを浮かべながら言った。

「それに、今回は……もしかすると、もしかするかもしれませんからね」

『月の姫は銀色の髪を持った娘』としか民の間には伝わっていない。そのせいで、とても銀髪とは言えない白髪《はくはつ》の娘までもが月の姫だと名乗ってくる。いちいち大量の偽者を審議するために王が出向くことはありえないが、今回ばかりは違った。

「領主の娘と言ったか」

「ええ。ブラウン様が、月の姫がいると告げた東の方角であるのに加えて……その領主が治める地では、奇跡とも言える出来事が以前から多発しているようです。そのせいで、近隣の街からは『奇跡の街』と呼ばれているとか。年寄りどもが、今度こそはと色めき立つのも無理ありません」

正確に何年前からかはわからないが、近隣の街に比べて天候が安定して作物の豊作が続き、水害にも遭わなかったという。さらに、辺境の地では決して育つはずのない万能の薬草、白銀花《はくぎんか》まで花を咲かせているのだとか。

「ただ……この領主はちょっと、ずるがしこいとこがあるんですがね。豊作が続き安定した収益を得ているはずなのに、国に納められている税金はずっと辺境制度で割り引かれた金額のままです。そのあたりの不公平さを、ついでに調査しないと」

「お前にとってはそれが第一目的か？　まあ俺としても、お前に任せるのが一番安心できるがな」

密かに守銭奴《しゅせんど》と呼ばれ金に細かいクレイグなら、抜かりなく調査してくれるだろう。

「俺は寝る。着いたら起こせ」

とりあえず辺境の地に赴《おもむ》く価値はあるようだが、面倒なのには変わりない。

それに、古い家臣たちの言いなりになっているようで、面白くないという気持ちが少なからずあった。

若くして王位を継いだアレンに敵は多い。ようやく王政も落ち着いてきたとはいえ、王都を長く空けるのも気が進まない。

アレンは馬車の座席に深く背を預けると、固く目を閉じた。


半刻ほど経った頃だろうか。うつらうつらと眠りの淵《ふち》をさまよっていたアレンは、ハッとして瞼《まぶた》を開いた。

すぐ間近で呼ばれたように自分の名前が頭の中いっぱいに響きわたっている。心臓がどくどくと早鐘を打ち、胸を押さえつけた。

「どうしました？」

向かい側に座っていたクレイグが、突然身を起こしたアレンに驚いた様子で声をかける。

「……いや。到着は間もなくか？」

一度速まった鼓動はなかなか鎮《しず》まらず、アレンは胸を押さえたまま窓から外を見つめた。

「どうでしょう？　変わり映えのない景色ですからねえ。御者《ぎょしゃ》にでも聞いてみましょうか」

クレイグがそう言って窓の外へと身を乗り出す。すると馬車がゆっくりと減速を始め、馬で並走していた兵士がクレイグに何か声をかけてきた。兵士と言葉を交わしたクレイグが、アレンの方を向く。

「間もなく到着のようです。アレン様、よくわかりましたね」

「……何か、おかしい様子はないか？」

「は？　ここから見たところ、特におかしい様子は見受けられませんが……」

クレイグは窓から首を出しキョロキョロと周囲を窺《うかが》うと、不思議そうに言った。

アレンは固く唇を引き結び、自分の状況を理解しようと努める。

誰かに名前を呼ばれたような気がして目が覚《さ》めた。焦燥《しょうそう》に駆られるような、それでいて高揚してくるような、不思議な感覚がアレンの身を包んでいる。

クレイグや外を走る兵士の様子はいたって普通で、どうやらこの何とも説明しがたい感覚に襲われているのは自分だけらしい。

（これは、どういうことだ？）

クレイグの前では散々文句を言ってきたものの、アレンとてサマルド国で育った人間だ。

自分を呼ぶのは『月の姫』ではないかという考えが頭の片隅にちらつく。

黙り込んだままのアレンをまだ不機嫌なのかと勘違いしたか、クレイグは珍しく労《いたわ》るような笑みを向けてきた。

「まあ、これだけ信憑性《しんぴょうせい》が高いと言われている姫が偽者だとわかれば……次にまた同じような話が出ても、わざわざアレン様が出向く必要はなくなります。年寄り連中とてしばらくはおとなしくなるでしょう。どうか今回ばかりは、ご辛抱ください」

「……ああ」

どっちに転ぼうが、月の姫を探すために王都を離れるのは最初で最後になるかもしれない――

そんな予感を覚えながら、アレンは小さく頷いた。

＊　＊　＊　＊　＊

（陛下をお迎えする宴《うたげ》が始まったみたいだわ……）

地下室の固いベッドの上に座り込み、ライラは小さなため息をついた。

たとえ地下室にいても、屋敷の賑《にぎ》わいはある程度伝わってくるのだ。

ライラの前には、数刻前にザラが運んできてくれた食事が置かれている。今日の食事は、いつもに比べて品数も多く豪華なものだった。

だがライラはその食事に、ほとんど手をつけていない。なぜか気持ちが落ち込んでしまい、食欲が湧いてこなかった。

（きっともう、マーガレット様は陛下にお会いになったわよね……）

国王は、『月の姫』と言われているマーガレットに会いに来たのだから当然だ。

しかしマーガレットが悠然と微笑み肖像画の主の前に立つ姿を想像すると、どうしてだか胸がキリキリと痛む。

ライラは必死に、自分とは関係ない世界のことだと言い聞かせた。

それに、二人の面会が無事に終了し国王の一行が屋敷を去れば、自分は地下室から出ることができる。

きっとすぐにまた、何事もなく日々の雑務に追われるようになるだろう。早く全てが終わり、こんな胸の痛みなど忘れてしまいたい。

ライラはそれだけを考え固いベッドに身体を横たえると、きつく瞼《まぶた》を閉じた。


ところが、ライラの願いは数日経っても叶わなかった。翌日も翌々日も、地下室から出られる気配がないのだ。

その日、いつもと同じように食事を運んでくれたザラの顔を見て、ライラは表情を曇らせた。

「ザラ？　なんだか疲れているみたいだけど……」

「大丈夫よ。ただ……普段の仕事に加えて毎晩宴《うたげ》の準備があるでしょう？　さすがに皆疲れてきているの」

「毎晩の宴って……」

「国王様はそんな必要ないって仰《おっしゃ》ってるらしいけど、屋敷に滞在されているんだから当然のことだってブルーノ様が毎晩宴を開かれるのよ」

顔色が悪く疲労を滲《にじ》ませたザラを見ていると、胸が痛む。

「私が少しでもザラを手伝えたらいいのに……」

ザラはライラを安心させるように微笑んで見せ、それから不思議そうに首を傾《かし》げた。

「でもねえ……お忙しい陛下が、どうしてこんなに長く屋敷に滞在し続けるのかがわからないって皆で話しているのよ」

マーガレットに会い王都へ連れて行くだけなら、それほど日数は必要ないはずだ。

「もうマーガレット様にはお会いになったのでしょう？」

「ええ、そりゃもちろん」

国王一行がこの屋敷に到着して、既に四日も経っている。あれだけ自慢げにしていたことを考えると、マーガレットも乗り気だったのは間違いない。もしかしてマーガレットが王都に行くための準備に時間がかかっているのかとも思ったが、ザラは首を振った。

「マーガレット様がお仕度をなさるんだとしたら、誰か手伝わなければならないでしょう？　使用人の誰もそんなことを言いつけられていないのよ。マーガレット様の機嫌も悪くなる一方でね。困ったものだわ」

だとしたら、国王がこの屋敷にいつまでも滞在し続けているのはなぜだろうか。

「もしかしたら、陛下には真実がわかっていらっしゃるのかもしれないわね……」

ザラにしては珍しく含みのある言い方に、ライラは首を傾《かし》げた。

「どちらにしろ、早くここからライラを出してあげたいわ。こんな地下にいたら、お月様の光も届かないもの」

ザラは優しくそう言って、ライラの黒い髪を優しく撫でた。

「陛下が……ライラのことを見つけてくださったらいいのにねえ」

ぽつりと呟《つぶや》かれ、ライラはきょとんとザラを見上げた。

「どういう意味？」

「いいえ、なんでもないわ。そんなこと、ここで働かせてもらっている身で言えないものね」

ザラの言葉を不思議に思いながらも、ライラは気になっていたことを問いかけてみた。

「……ねえ、ザラは陛下をお見かけした？」

「宴《うたげ》の際に、遠目でちらりとお見かけしましたよ」

「どんな方だった？」

「なんだか不機嫌そうに顔をしかめてらっしゃってねえ……ちょっとよくわからなかったわ」

「そうなの？」

でも、遠目でもかまわないから、一目あの肖像画の君を見られたらどんなにいいだろう。

別世界の人だとわかっていても、いや、わかっているからこそ——どうしても、一度だけあの人を見てみたい。そんな思いに囚われぼんやりとしていると、ザラが何かに気づいたようにライラを見つめた。

「ライラ、少しだけ外の空気を吸いに行ってはどう?」

「え、でも……」

「すぐに戻れば大丈夫よ。ブルーノ様やマーガレット様は御一行の接待で忙しいし、こんな時にわざわざ地下へ来る人はいないでしょう?」

確かに、ずっと地下の湿った空気ばかり吸っていて気が滅入《めい》っていた。ザラの言う通り、ほんの少しなら大丈夫かもしれない。

「うん、ありがとうザラ。後で、一人でこっそり出てみる」

ザラはライラの華奢《きゃしゃ》な肩を数回撫でると、ゆっくり立ち上がった。

「それじゃあ、外に出る時は充分に気を付けるんですよ。夜になったらまた様子を見に来るから」

「うん、ありがとう」

コツコツと規則正しい靴音を立てながらザラが行ってしまうと、再び地下には静寂が訪れた。

(少しくらい……大丈夫だよね)

もしかしたら、遠くから宴の様子を垣間見るくらいならできるかもしれない。

そう思うとほんの少し気持ちが晴れる。ライラはザラが運んできてくれた食事を膝に載せるとスプーンを手に取った。

＊＊＊＊＊

「何かわかったか？」

屋敷の大広間で盛大な宴《うたげ》が開かれている中、アレンは影武者にその役割を任せ、自らは民と変わりない服に身を包み街へ向かっていた。

アレンと同じような格好をしたクレイグが、隣で深いため息をつく。

「信頼できる部下にも手伝わせて調べていますが……今のところ該当する娘が見つかったという報告はありません。銀髪どころか、金髪の娘すらほとんどいないそうです」

アレンに比べて比較的自由の利くクレイグは、この数日こっそりと屋敷を抜け出し街で年頃の娘がいる家を探《さぐ》ってくれていた。

「ついでに街の者に話を聞いて回ったのですが、この街で奇跡と言われていることが起こり始めたのは、確かにあのマーガレットとかいう娘が生まれてからだそうです。万能の薬草と言われている白銀花《はくぎんか》も、昔は全く見かけなかったとか」

「全て、あの娘が生まれてからと街の者は信じているということだな」

「ええ。そうです」

アレンは黄金の髪をフードですっぽりと覆い隠したまま、盛大に顔をしかめた。

「王家もバカにされたものだな。あの父娘《おやこ》、わかっててやっているとしか思えん……」

一般の民は『月の姫は銀色の髪をしている』程度の認識しかないので、銀色の髪を持って生まれただけで上を下への大騒ぎになる。『うちの娘は月の姫だ』と思い込んで王都へ連れて来る親が跡を絶たない。親心を思えばそう勘違いしても仕方ないし、こちらも丁重に断る。

だが、この地の領主であるブルーノと娘のマーガレットは明らかに違う。

「この街に月の姫がいるのは間違いない。あの二人はそれを知っていながら、月の姫を騙《かた》っているのだ」

確かに髪の毛は艶《つや》やかな銀色をしていたが、あの鈍い光は人工的に染め上げられたものだ。偽者を幾人も見てきた者なら、すぐにわかるだろう。

クレイグは不思議そうにアレンを見つめた。

「確かにこの街には神の恩恵《おんけい》とでもいうのか、月の姫がいるかもしれないと思わせる事実がたくさんあります。けれど……そこまではっきりと存在を断言できるものですか？」

この街に入るまでは月の姫を探す気など全くなく、早く面倒なことを終わらせたいという態度を隠しもしなかったアレンだ。それが今は誰よりも積極的に月の姫探しに力を入れ、自ら滞在を引き延ばしている。

クレイグに怪訝《けげん》そうに見上げられ、アレンはふっと笑った。

「疑っているのか」

「そういうわけではありませんが……ただ、一体どういう心境の変化なのかと。領主の娘が偽者だというのは、私でもわかりましたがね」

クレイグの疑問は、もっともだ。アレン自身も正直、この感覚をどう説明したらいいのかわからない。

馬車でこの街に近づくにつれ、不思議な感覚が身体を包んだ。それを感じているのが自分だけだとわかった瞬間、頭を掠《かす》めたのは月の姫の存在だった。案内されずとも月の姫がいるという屋敷の場所が特定できた時、これはいよいよ本物かと緊張を高まらせたが、現れたマーガレットは一目でわかるような偽者だった。

アレンに媚《こ》びるような視線を向けながらも堂々と振る舞う娘の態度とは裏腹に、どこか緊張を滲《にじ》ませている領主の態度。

直感で本物の月の姫を隠しているのだと悟った途端、こみ上げてきたのは怒りだった。

この父娘《おやこ》が月の姫を騙《かた》っている以上、本物は身を隠しているしかない。

(——ならば、俺が見つけてやる)

そう決意すると、燃えるような高揚感がアレンを包んだ。

「お前でも偽者とすぐわかるやつらを、のさばらせておくわけにはいかないだろう?」

「ははあ、王としての正義感ってやつですか。確かに、この状況であの娘を月の姫じゃないって言ったって、街の者たちは信じないでしょうしね」

クレイグは納得がいった様子でうんうんと頷いている。

「髪を銀色に染める染料はとてつもなく高価ですし、常に街の者たちを騙《だま》し続けるだけの量を手に入れるには、かなりの資産が必要です。あの男、国で管理すべき白銀花《はくぎんか》を無許可で販売しているのかもしれませんねえ。税金も払わずに」

こちらはそう苦労もなく証拠を掴《つか》めそうだと、クレイグがほくほくした顔で言った。

それを横目で見ながら、アレンは深く息を吐く。

月の姫は一体どこにいるんだ。

身体に流れる血がこの地に必ずいると告げているのに、そこから先の行方《ゆくえ》が知れない。自分が太陽王である資質を試されているようにすら思えてくる。

「お前は……本当に何も感じないのか？」

日を追うごとにこの街に立ち込めている不思議な気配は強くなっている。

しかし、クレイグは静かに首を横に振った。

「俺には何も感じられません。アレン様が何かを感じ取っているのだとしたら、それはやはり、あなたが真のサマルド国王だからじゃないですかね？」

そして、クレイグは小走りでアレンの横に並ぶ。

「アレン様がこの街に月の姫がいるというのなら、俺も信じます」

まっすぐ前を見据えたまま、アレンは強い瞳で言った。

「あの領主の娘を月の姫ではないと拒絶してこの街を去るのは簡単だ。けれど……それでは、本当の月の姫を得る機会をみすみす逃してしまう。あの二人は間違いなく、本当の月の姫を隠している。だが問い質《ただ》したところで口を割るとも思えん。だったら」

「どうにかして……こちらで姫を見つけるしかないってことですね」

アレンが無言で頷くと、クレイグもまた真剣な眼差しでアレンを見上げた。

「王都を空けたままにしておくのも、限界がある。今夜見つけられなければ、ここを去らねばならない」

今夜は雲一つない満月だ。既に高く上がった白銀の月を見上げながら、アレンは力強く言った。

「必ず、月の姫を見つけてやる」

改めてフードを深くかぶり直して金髪を隠すと、アレンはクレイグと共に街の中心部へ向かって歩き出した。

＊＊＊＊＊

誰かに呼ばれているような気がして、ライラはうっすらと目を開けた。

いつの間にかウトウトと眠っていたようだ。眠っている間にザラが来てくれたのか、ライラの身体には毛布がかけられ、空の食器も片づけられていた。

おそらく真夜中なのだろう。屋敷はすっかり静寂に包まれている。

きっともう国王も眠ってしまっている。せめて一目でも見てみたいと思っていただけに、ライラはがっかりしながら身体を起こした。

変に目が冴えていて、このまま横になってもきっと眠れない。

それならやっぱり少し外に出て気分転換をしてこよう。

ライラは静かにベッドから降りると、そっと地下室を抜け出した。音を立てないように階段を上る。誰かに鉢合わせたらどう言い訳をしようとドキドキしたが、辺りは静まりかえり人の気配は全くなかった。

重い扉を押して外に出ると、目の前には見事な丸い月が浮かんでいる。

（今夜は、満月だったのね）

さくさくと草を踏みしめながら裏庭を抜ける。月光浴とでもいうのだろうか。こうして月の光を浴びることは、ライラにとって何よりも心地いい時間だった。

（お月様が見守っていてくださるから……少しくらい外にいても大丈夫ね）

地下室に入ってからは、ザラが運んでくれた水で簡単に身体を拭《ふ》くことしかできなかった。汗をかくようなことをしていないとはいえ、やはり身体の汚れは気になる。

ライラは少し足を伸ばして屋敷の裏を流れる川で身を清めようと思い立った。

屋敷の裏手へ回ると、静かな川面《かわも》にキラキラと月の光が反射しているのが見えた。まるで、川全体が輝いているようだ。

いつも見慣れているはずの景色だが、今日はなんだか一段と美しく見える。

ライラは、ほうっとため息をつきゆっくりと川の傍まで歩み寄った。

身体を拭くだけのつもりだったが、足を水の中に入れてみるととても気持ちがいい。まるで沈んでいた気持ちが、澄みきっていくように感じた。周りに人の気配が全くないこともあり、ライラは思い切って全ての衣服を脱ぐと静かに水の中へと身を沈めた。

川の水は冷たかったが、サラサラと流れる水に身をまかせる。とぷんと頭まで水に浸《つ》かって目を開くと、澄んだ水の中にまで月の光が差し込んでいた。ゆっくりと顔を出すと水面の月は揺らめいて乱れたが、またすぐに美しい姿を映し出す。白銀の丸い月を閉じ込めるように、ライラは手を伸ばし川の水をすくった。

「綺麗……」

ライラの手の中に、月がある。ゆらゆらと揺れ動く月を見ていると、なぜだか切ない気持ちになった。

『本当の月の姫が、ライラだったら……』

かつて一度だけ、ザラがそう口にしたことがあった。ブルーノに仕える身でありながら、そんな発言をしては命に関わる。

二人だけの時とはいえ不用意な発言に驚いて目を見張ると、ザラは悲しげな笑みを浮かべてライラの頭を撫でた。

その後、ザラがそう口にすることは二度となかったが、たった一度だけのその言葉は、ライラの胸の奥深くにずっと残っていた。

自分のようにこんなバサバサのみっともない髪をした娘が、月の姫であるわけがない。そんなことはわかっている。

ゆらゆらと水の中で揺れる髪を、ぼんやりと手に取った。まっ黒なこの髪色は、実はライラ本来のものではない。

ライラの髪は、微《かす》かに銀色を帯びた白髪だった。使用人の分際でマーガレットに近しい髪色をしているなどおこがましいと言われ、今は亡きブルーノの奥方から、髪を染めるように命じられたのだ。

物心がつく頃からずっと染料で髪を染めてきたので、髪はひどく傷《いた》んでパサパサになっている。まるで老婆のようだとライラは自嘲気味に思った。

（もし……私が月の姫だったら、陛下にお会いすることができたのかしら……）

ぼんやりとそう考えてから、はっとして頭を振った。

そんなことあるわけがない。

身寄りのないライラは、拾ってくれたブルーノのもとを出ていくことなどできないのだ。

そう思った瞬間、すっと身体の芯が冷えていく気がして、ライラは水の中でふるりと身を震わせた。一生あの屋敷でブルーノの顔色を窺《うかが》う生活に絶望しかけたが、あそこには母親のように寄り添いライラを支えてくれるザラがいる。

屋敷を追い出されてしまうとライラは独りぼっちになってしまうが、あそこにいる限りはザラが傍にいてくれるのだ。

ライラは空に浮かぶ満月を見上げ、最後にもう一度頭まで水の中に浸かった。

いつまでも外にいては、万が一誰かに見つかった時にザラにまで迷惑をかけてしまう。

もう地下室に戻ろうと水面から顔を出し立ち上がった時、背後でがさりと繁《しげ》みが揺れる音がした。

「っ!?」

考え事をしていたせいで、人の気配に気づかなかった。

ライラは慌《あわ》てて再び川の中に身を沈める。後ろを振り返ると、フードを深くかぶった見かけぬ人が立っていた。顔はよく見えないが、その体格から男性であるのは間違いない。

ライラの顔が、さっと青ざめる。

この場から逃げたくても、自分は裸だ。着替えは男が立つ繁《しげ》みに置いてあって、取りに行くこともできない。

ライラは震えながら男性にくるりと背を向け、顎《あご》まで水の中に浸《つ》かった。

うかつだった。今まで何度か男性に襲われた恐怖が蘇《よみがえ》る。

どうしたらいいのかとパニックを起こしかけていると、男が口を開いた。

「怖がらなくていい。……こんなところで何をしているのだ？」

穏やかな口調に、少しだけライラの気持ちが落ち着く。どうやらこの男は、今までライラに触れようとしてきた男たちとは違うようだ。

「み……水浴びをしておりました」

「こんな時間にか？」

地下室に閉じ込められている状態では夜にしか出て来られない。けれどもそれを男に伝えるわけにはいかず、ライラは背を向けたままこくりと頷いた。

「お前は、この街に住む娘か」

「は、はい」

「この数日街を見て回ったが、お前を見かけることはなかったように思う」

どうしてそんなこと聞くのだろう。ちらりと肩越しに振り返ってみると、男は上質そうなマントに身を包んでいるのがわかった。

もしかしたら、国王の家臣かもしれない。

『いいか！　明日から俺がいいと言うまで、絶対にそこから出てくるなよ！　お前のような気味の悪い娘を陛下のお目にかけるわけにはいかないからな！』

ふいにブルーノから言われた言葉が頭に浮かび、ライラはすくみ上がった。絶対に出てくるなと言われた言いつけを破ったどころか、お客様の目に触れてしまった――。これがブルーノに知られたら、何をされるかわからない。

「あ、あの……お願いです。どうか、何も言わずにここから立ち去っていただけないでしょうか」

ライラは震えながら口を開いた。男の目的はわからないが、彼はたぶん偶然通りかかっただけだろう。優しげな口調と高貴そうな雰囲気から、頼めばきっとライラの願いをきいてくれるような気がした。

「どうしてだ？　……もっとお前と、話をするわけにはいかないか」

思いがけない言葉を返され、ライラは凍り付いた。それと同時に、低くて魅惑的な声に胸がぞくりと震える。

「わ、私は……あなた様の前に出られるような身分の者ではないのです。どうかどうか、見なかったことにしてくださいませ……」

絞り出すように紡《つむ》いだ言葉はか細く、闇夜に消えていく。できれば何も言わずに立ち去ってほしいのに、男の足はぴくりともその場から動かない。

「お前は、何をそんなに怯《おび》えているのだ？」

ライラは一刻も早く男が立ち去ってくれることを願い、無言でふるふると首を振る。すると、男が再び口を開いた。

「わかった。とにかく……そんなに冷たい川の水に浸《つ》かっていては身体に障る。早く、川から上がれ」

初対面の男性に、身体を労《いたわ》られた経験などない。恐怖とは全く違う胸の鼓動に、ライラはどうしていいかわからなくなった。

「あの……上がりたくても、私の服はあなた様の足元に置いてあるのです」

正直にそう言うと、男がキョロキョロと辺りを見渡している気配がした。

「わかった、それならしばらく後ろを向いていよう」

「え……」

そのまま立ち去ってくれたらいいのに、どうやら男にその気はないらしい。

恐る恐る振り返ってみると、確かに男はライラに背を向けて腕組みをして立っている。ライラはしばし迷ったが、さっさと着替えを済ませてしまおうと決めてザバリと川から上がった。手早く脱ぎ捨てた衣服に駆け寄り、男が後ろを向いていることを確認しながら急いで衣服に袖を通す。

男は近くで見るとかなりの長身だった。肩幅も広く、鍛え上げられているのが一目でわかるほど逞《たくま》しい身体つきをしている。それに、後ろ姿からも高貴な雰囲気が漂ってくるようだ。

傍にいると、なぜか振り返り自分を見つめてほしいと願ってしまう。男性にこんな感情を抱くのは初めてで、ライラはいつの間にか着替えの手を止め、ぼうっと男の後ろ姿を見つめていた。

（いけない、早く着替えなくては……）

そう思って簡素な使用人服の前ボタンを留めようとしたのと、男が振り返ったのは同時だった。

「えっ……⁉」

一瞬、何が起こったのかわからなかった。

ゆっくりとこちらを振り返った男は、呆然とした様子でライラを見つめている。フードから覗《のぞ》く深い緑色の瞳と目が合った瞬間、吸い寄せられるようにお互いが動けなくなった。数秒後、ハッと我に返ったのはライラが先だった。

「……っ！」

泣きたくなるくらいの羞恥《しゅうち》を覚え、使用人服の前を手で押さえて走り出そうとした。

「待てっ」

男の横を走り抜けようとしたライラの細い腕を、男の手が力強く掴《つか》む。

彼の指がライラに触れた瞬間、身体にびりっと痺《しび》れるような感覚が走った。

（な、なに……？）

雷に打たれたような感覚に、思わず足を止める。その隙に男はライラをぐいっと引き寄せ、気づけば力強く抱きしめられていた。

肌に触れる温かい体温に、ライラはようやく自分の置かれた状況を理解した。

「はっ、離して……っ！」

必死に男の身体を押し返そうとするが、どんなに押してもびくともしない。それどころか、益々力を入れてライラの身体を抱きしめてくる。

(どうして、こんな……!?)

パニックに陥《おちい》りながらも、ライラは必死に頭を働かせ力一杯抵抗した。

今まで、悪意を持った男性に触れられそうになったことは何度もある。だがその度に不思議な力が働いて守られてきた。こんな風に直接男性に触れられたのは、初めての経験だった。

なぜ自分はこの男に抱きしめられているのか。思いがけない事態に動転して、ライラの呼吸が荒くなる。それに気づいたのか、男の腕の力がほんの少しだけ緩《ゆる》んだ。

「落ち着け」

低い声が触れた身体から直接響いてきて、ライラの呼吸が段々と落ち着いていく。

初めて会ったはずなのに、どこか懐《なつ》かしいような不思議な感覚がする。

どうして、この人の声はこんなに身体に沁《し》みていくのだろう。

ライラが身体の動きを止めると、男は子供をあやすように彼女の背中をトントンと叩いた。

温かい身体に包まれ、気持ちが静まっていく。

この人は、一体誰だろう。

ライラは抱きしめられている状況も忘れ、顔を上げて男の顔を正面から見つめた。

フードに隠れてよく見えなかった顔も、この距離ならはっきりとわかる。

「あ………」

驚きで、それ以上の言葉が続かなかった。

その男の顔は、マーガレットの部屋で見かけた肖像画にそっくりだったのだ。

口を開き凝視するライラに、男がふっと目を細めた。

「その顔は……俺が誰だかわかったか」

そう言って男は、かぶっていたフードをゆっくりと外した。月明かりに、輝くばかりの見事な金髪が現れる。

「サ、サマルド国王、アレン様っ!!」

ライラはあまりのことに再びパニックを起こしかけた。そんなライラの顎《あご》を掴《つか》み上を向かせると、アレンは静かに顔を近づけてきた。

目を見開いたライラのすぐ近くに、アレンの顔が迫る。何かを確認するようにじっくりとライラを見つめるアレンの表情が、緩やかに変化していった。

頬を掴まれ視線が逸《そ》らせないライラには、その変化がはっきりと見てとれた。

ザラが自分を見つめる時と同じようにも、全く違うようにも思える眼差し。親愛よりももっと深いものが込められた視線に、ライラの頬が自然と赤味を帯びてくる。

「あ、あの……」

とくとくとライラの心臓の音が速くなる。耐え切れずに口を開けば、アレンは困ったように微笑んだ。

「初対面の女性にこんなことをすべきではないとわかっているのだが……なぜだか、離せないな」

遠目でも綺麗だと思ったアレンの緑の瞳は、近くで見るとさらに宝石のようにきらめいていた。

ぼんやりとその瞳を見つめていると、アレンが目を細めた。

「美しい瞳だな。月の光が反射して……まるでサファイアのようだ。吸い込まれそうで、目が離せない」

自分のことを褒《ほ》められていると知って、さらに顔が熱くなる。アレンの腕の中で心地よさを覚えながらも、間近で見つめられているのが恥ずかしくてライラは思わず身じろぎをした。

アレンは逃がすまいと片腕に力を入れ、ライラの顎《あご》を掴《つか》んでいた指を頬へと移動させる。そして大きな手の平でふわりと頬を包んだかと思うと、ゆっくりと唇を近づけてきた。

初めて出会った人と、こんなことをしていいはずがない。

頭でそう理解していても、ライラの身体は全く動かなかった。

吸い寄せられるように唇が近づき、ライラは自然と瞼《まぶた》を閉じる。アレンの唇が軽く触れた途端、ライラの身体がぶわりと沸騰したみたいに熱くなった。

身体から何かが剥《は》がれ落ちていく。そんな感覚がしたが、ライラにはそれが何かわからない。

ただ、柔らかく熱い唇の感触に全身が蕩《とろ》けそうだった。

一度離れた唇が再びゆっくり触れてきて、ライラの全身がどくんと鼓動する。

アレンは、瞼を開いてじっとライラを見つめてきた。

鮮やかな緑の瞳に、蕩《とろ》けたような表情の自分が映っている。そこに映るライラの髪は見慣れた黒色ではなかったが、初めての経験に戸惑う彼女に気づく余裕はなかった。

アレンは一瞬驚いた顔をしたが、すぐにそれは納得の表情へと変わっていく。その顔は、揺るぎない自信に満ちていた。

「……見つけたぞ、やっと」

そう呟《つぶや》きながら再び触れてきた唇は、今度はすぐに離れることはなかった。

触れているのは唇だけなのに、そこから全身に熱が広がっていくようだ。川の水に浸《つ》かり冷えていたはずの身体は、蕩けそうなほどに熱くなっていた。

長いような一瞬の口付けが終わったかと思えば、アレンはすぐにライラへのキスを再開する。唇だけではなく、頬や瞼《まぶた》、顔中に何度も何度も優しく唇を落としていった。

「ふ、あ……」

頭がぼーっとしたライラは無意識に息をしようと唇を軽く開く。するとすかさずその唇に吸い付いてきたアレンが、ぬるりと熱い舌をライラの口内に差し込んできた。熱い舌に口内を撫で回され、背中がぞくぞくする。

アレンの舌は奥にすくんでいたライラの舌を捕えると、唾液をまとわりつかせるように舐《な》め回して唇で吸い上げてくる。

熱くて、柔らかくて、気持ちがいい。

ライラは初めての感覚に溺《おぼ》れ、自分が何をしているのかわからなくなっていった。

ゆっくりと唇を離したアレンが、ライラの唇の端から零《こぼ》れた唾液をすする。

「んっ……陛、下……」

「アレンだ。そう呼べ」

「アレン、様……？」

たどたどしく名前を呼んだ瞬間、ライラはアレンによって樹の幹へと身体を押し付けられた。

「あ……っ！」

ただ羽織っていただけの使用人服の前がはだけ、真っ白いライラの身体が月明かりに晒《さら》される。

隠そうとしても、腕を押さえられているためにそれもできない。

さらにそんなあられもない姿をアレンに間近から見られている。頭の先からつま先に向かって視線が降りていくのを感じ、ライラは羞恥《しゅうち》で眩暈《めまい》がしそうだった。

「美しい……陶器のように、滑《なめ》らかだな」

アレンはうっとりとそう囁《ささや》くと、吸い寄せられるようにライラの首筋に唇をつけた。

「あ！」

途端に、びくりと身体が震えてしまう。唇が何度か触れた後、今度は舌でぺろりと舐め上げられた。

「あ、あ……っ、陛下、なにを」

「アレンだと、言っているだろう？」

身体も声も震わせているライラとは対照的に、アレンは楽しくてたまらないといった表情をしている。

「あの川に辿《たど》り着いたのは、偶然なのか運命なのか……だが、そんなことさえ、お前に触れているとどうでもいいことのように思えてくるな」

アレンはライラの耳元で囁《ささや》き、ふっと息を吹きかけてくる。

「……っ」

初めての感覚に、ライラは声にならない吐息をついた。

「ああ、甘い匂いがする」

どこか意地悪な響きを含む声に、ライラは困惑して涙目になる。すぐ傍にあるエメラルドグリーンの瞳を見つめると、アレンもまたじっくりとライラを見つめ返してきた。

「最初に見た時よりも、ずっと色が鮮やかになったようだ。お前の瞳の色は、元々何色だ？」

「え？」

こんなに傍で顔を覗《のぞ》き込まれているのに、どうしてそんなことを聞くのだろう。ライラは数回瞬《まばた》きをした後に、おずおずと答えた。

「私の瞳の色は、ほとんど黒と言ってもいいほどの濃紺ですが……」

「なるほど。では、俺と出会ったことで変わったのだな」

アレンの言葉にきょとんとしたが、それもすぐに流されてしまった。なぜなら、彼が再びライラの身体に舌を這《は》わせ始めたからだ。

「ま、待って……っ、あ、やぁ」

拒絶しなければと思うのに、身体の芯がふにゃりとしてしまって力が入らない。アレンの舌は首筋から上に上がり、ライラの耳朶《じだ》を舐《な》めて吸い上げる。

「ふぁ、んんっ」

鼻にかかった声を上げると、アレンが耳元でくすりと笑った。

「いい声だ」

低い声と息で耳をくすぐられたかと思うと、彼の舌が耳穴の中に差し込まれる。

熱い舌がぴちゃぴちゃと音を立てながらライラの耳を舐め、その感触と音にライラはたまらず声を上げた。

「や、ふ……っ、な、なに、んん……っ！」

ずっと屋敷で閉鎖的な生活を送ってきたライラは、十八歳にしては驚くほど性への知識が乏《とぼ》しい。

使用人たちの話をぼんやりと聞くくらいしか、知識を得る機会がなかったのが大きな理由だ。

自分とは関係ないことだと思っていたので、時折漏《も》れ聞こえてきた話もおぼろげにしか理解していない。具体的な行為となると、さっぱりだ。

アレンの指がライラの身体を撫で上げるごとに、身体は火照《ほて》り甘い声が漏れる。

うっすらとしか理解していなかった男女の関係が、もしかしてこれなのかとライラはさらに顔を赤くした。

ライラの耳をしきりに舐めていたアレンは、大きな手の平をゆっくりとライラの胸に伸ばしてくる。細い身体の割に大きな胸は、興奮と羞恥《しゅうち》でほんのり桃色に染まっている。まるで誘うみたいにふるりと揺れた膨らみを、アレンは持ち上げ両手で包み込んできた。

「あ、そ、そんな……っ」

温かい手が、弾力を楽しむようにやわやわと動く。なにが起こってるのか確かめるために自分の胸を見下ろしたライラは、アレンの骨ばった指が自分の柔肌《やわはだ》に軽く食い込んでいるのを見てしまった。

大きな手が、我が物顔でライラの胸を弄《もてあそ》ぶ。しかし膨らみをつぶすように揉《も》まれても、手加減しているのか痛みはない。それどころか、胸の頂《いただき》がぷっくりと立ち上がってきた。

「わかるか？　自分の変化が」

自分の胸を見下ろすライラに気づき、アレンが耳元で甘く囁《ささや》く。そして見せつけるように、人差し指を胸の頂へと近づけていった。

「ん、ん……っ！」

指で胸の頂を軽く押されると、きゅうっと身体の芯が縮むような感覚がした。それは不思議と脚の付け根にある秘めた場所までも締め付け、ライラは咄嗟《とっさ》に唇を噛み締め背中をしならせた。それに気を良くしたのか、アレンは口の端を歪《ゆが》めながら少し力を強めて頂をさらに押し込んでくる。

「ふぁ……、あ、あ……っ」

身体を突き抜けるような刺激に、ライラは頬を赤く染め激しく首を振る。アレンはそんな彼女にそっと口付けると、今度は二本の指できゅっと頂を摘《つ》まんだ。

「いや……だめぇ」

「何がだめなんだ？　こんなに気持ちよさそうな顔をしているのに」

アレンは強弱をつけながら、先端をこりこりと捻《ひね》るように弄《いじ》り始めた。触られているのは胸の先端なのに、なぜか身体の芯がどんどん熱くなっていく。自分の身体の反応がわからないまま、ライラは自然と腰をくねらせていた。

「もうここが動き始めている。……いやらしい身体だ」

いやらしい。

そんな言葉を言われたのはもちろん初めてで、ライラは恥ずかしくてたまらなくなった。

「ご、ごめんなさいっ……」

何かあった時にすぐに謝ってしまうのは、使用人としてのクセかもしれない。アレンは宥《なだ》めるようにライラの頬に唇をつけた。

「謝るようなことではない。俺の言い方が悪かったな……」

アレンはそう言いながらライラの胸へと顔を近づけていく。そして赤い舌を唇から覗《のぞ》かせたかと思うと、そのまま頂をぺろりと舐《な》めた。

「いや、そんなっ、あ、あああぁっ！」

既にコリコリと硬くなっていた頂を、熱い舌で何度も舐められる。

月の光に照らされ頂が唾液で濡《ぬ》れているのがはっきりとわかり、ライラはもう顔が熱くてどうにかなってしまいそうだった。

「お前の身体は、柔らかいな……」

ライラの胸に顔を埋《うず》めたまま、アレンがうっとりと呟《つぶや》く。愛撫を受けているのはライラなのに、なぜか彼までもが至福の表情をしている。

肖像画を一目見て心を奪われた人が、こんな風に自分の身体に触れてくるなんて――

それを意識した途端、足の付け根がじわりと熱を持ち、何かが滲《し》み出してくるのがわかった。

まさか、こんな時に月のものでも始まってしまったのだろうか。ライラの脚と脚の間に、アレンの太腿が差し込まれる。慌《あわ》てて開きかけていた脚を閉じようとしたら、なぜかそれをアレンに阻まれてしまった。

「お、おやめください……陛下の脚を、濡《ぬ》らしてしまいます」

普通の民の服のように見えても、傍で見ると上質な生地《きじ》で作られているのは一目瞭然《いちもくりょうぜん》だ。そんな高価な服を汚してはいけないと、ライラはアレンの厚い胸板を必死に押した。

「どうしてだ？」

アレンはにやりと笑いながら、さらに際どいところまで脚を上げてこようとする。女性の身体のことを男性に告げるのは本当に恥ずかしくてたまらない。だが、彼の衣服を汚してしまうよりはずっとマシだと思い直し、ライラは恐る恐る口を開いた。

「あ、あの……その、月のものが来てしまったようなのです。そんなはずないのに……。ですから、あの、服を汚してしまいますから……っ」

恥ずかしさでどうにかなりそうなのを堪《こら》えながら、それでもなんとか状況を告げた。

ところがアレンは、一瞬ぽかんとした後にくっくっと笑い出す。

「な……そんな、何が可笑《おか》しいのですか⁉」

いくらなんでも、笑うなんてひどすぎる。ライラが目に涙をためてそう抗議をすると、アレンは相変わらず笑いながらライラの目尻にちゅっとキスをした。

「ああ、悪い。お前、こういうことには不慣れか？」

「こういうことって……」

何を指しているのだろうと首を傾《かし》げてみれば、すかさずアレンが胸の先端をぺろりと舐《な》め上げる。

「こういう、男女の交わりについてだ」

「し、知りません！　こんなこと……他の人にだってされたことなどありません！」

なんてことを言うのだろう。ライラは怒りのあまり、思わずそう言い返してしまう。憤慨するライラとは逆に、アレンはなんだか嬉しそうな顔をしていた。

「それはよかった。この身体に触れるのが、後にも先にも俺だけだとわかってほっとしたぞ」

「何をおっしゃって……んっ！」

ライラが全て言い終わる前に、アレンの手がライラの内腿に触れた。ぞくりとした感覚を覚えたのもつかの間、その手がするりと上がりライラの繁《しげ》みを撫でる。

「おっ、おやめください……お願いですからっ」

「月のものではないことを、教えてやろう」

不敵に笑ったアレンは、必死に身をよじるライラを難なく押さえ込むと繁《しげ》みの周りを撫で始めた。

くすぐったさに気を取られていると、その手はもっと奥へ進もうとする。

「え、やっ、だめぇっ！」

慌《あわ》ててアレンを止めようと手を伸ばしたら、逆にその手を掴《つか》まれてしまった。

「じっとしていろ」

アレンはライラの両手を片手で掴むと、そのまま頭上でひとまとめにしてしまう。

逞《たくま》しい身体を密着させてライラの華奢《きゃしゃ》な身体を樹の幹に押さえつけながら、アレンの指は繁みを分け入りライラの秘めたる部分に近づいていった。

何をされるのかと顔を強張《こわば》らせるライラに、アレンの唇が落ちてくる。

「んむっ……ん、あ」

強引な手とはまるで違う、優しい口付けだ。温かい唇がライラの唇を挟み、舌でちろりと舐《な》めてから吸い上げる。

唇を合わせるだけなのに、なぜこんなに気持ちがよくなってしまうのだろう。

次第に強張った身体の力が緩《ゆる》んでいく。するとそれを見計らったように、アレンの指が秘所を撫でた。

「あ、ん……っ！」

何かが流れ出る感触と同時に、腰が痺《しび》れるような甘い感覚が押し寄せてきた。さらに、アレンの指が秘所を擦《こす》る度に、ぴちゃぴちゃと水音がする。

「あ……ふぁ、な、に……？」

キスの合間にそう呟《つぶや》くと、アレンは唇を離してライラの瞳を見つめながら小声で囁《ささや》いた。

「これは、お前が気持ちよくなっている証拠だ」

(気持ちいい、証拠……?)

必死に考えようとするが、頭が回らない。必死に身をよじろうとしていると、アレンはライラの秘所からすっと指を離した。

「ほら、見てみろ」

何度も秘所を往復していた指先は、透明のとろりとした液体で濡《ぬ》れ光っている。月のものではないとわかってほっとしたものの、それではどうしてこんなに濡れているのだろうと疑問が浮かぶ。

ライラに、この手の知識が乏《とぼ》しいことを知ったのだろう。アレンは濡れた指先を見せつけるようにしながら、面白そうに口を開いた。

「お前の身体が俺を受け入れるために、こうやって蜜を溢《あふ》れさせて濡らしているのだ」

「俺をって……何をでしょうか……?」

「それは、近々身体で教えてやろう」

アレンはそう言ったかと思うと、濡れた指先に赤い舌を這《は》わせた。

「あ……そ、そんな」

ライラから流れ出した蜜を、アレンは妖《あや》しい表情で舐め上げる。

よくわからないけれど、なんだかとてもいけないことをしているような気がする。

真っ赤になりながらもライラがその光景から目が離せないでいると、アレンの指が再び秘所に伸ばされた。

ライラは、自分を押さえつけているアレンを、間近で見上げる。彼から漂う男の匂いを意識した途端、身体の奥から蜜が湧き出してきた。

「溢《あふ》れてきたぞ。何を考えた……？」

アレンはそう囁《ささや》きライラの耳元にふっと息をかける。背中がぞくぞくして、甘い声が喉の奥から漏《も》れる。

「や、あ、あぁぁ……」

アランが指を動かす度に、脚の間から聞こえる水音が段々と大きくなっていく。たっぷりと蜜をまとった指が、今度は秘所のすぐ上にある蕾《つぼみ》に触れた。

「あ、ああぁぁっ!?」

突然、今までのどこか穏やかな感覚とは違う激しい快感を与えられ、ライラは堪《こら》え切れずに高く声を上げた。

「や、やぁ……！　なん、かっ」

ライラの反応を心底楽しそうに見つめ、アレンはさらに指で蕾を挟んだり擦《こす》ったりし始める。びくびくと身体を揺らしながら、ライラは必死にアレンを見上げた。

「いやぁ……っ、やめ、て、おやめくださいっ」

身体に触れられただけでこんな風になってしまうなんて、一体どういうことなのか。

いつの間にかじっとりと全身に汗が浮かび、恐怖と快感がごちゃ混ぜになっている。

ライラの様子に気づいたのか、アレンが低く優しい声で言った。

「何も怖いことはない。安心して、俺に身を任せていろ」

「アレン様……」

ライラの瞳をまっすぐに見つめるアレンは、ライラに危害を加えようとしているようには見えなかった。

「ほら、俺の肩に手を回せ」

そう言われライラの両手を掴《つか》んでいた手を外される。国王陛下に直接触れるなど恐れ多いことだが、身体から力の抜けたライラは目の前のアレンに縋《すが》るほかなかった。

アレンの首に手を回し、ぎゅっとしがみつく。すると、満足そうに微笑んだアレンが口付けてきた。熱く絡《から》みついてくる舌に必死で応えていると、ライラの身体が再び熱くなってくる。

「綺麗だ……澄んだブルーの瞳に、白い月が浮かんでいる」

アレンがうっとりと呟《つぶや》いた。違う。自分の瞳はブルーでもなければ、決して澄んでいるわけでもない。

誤解だと伝えようとするが、繰り返される口付けに溺《おぼ》れ何も言葉を紡《つむ》げない。

唇が触れ合う音が辺りに響く中、アレンがライラを見つめながら言った。

「これからお前は……ずっと俺の傍にいるのだ」

ずっと、とはどういう意味だろう。ぼんやりとそう思うが、アレンの身体に包み込まれていると何も考えられなくなる。

アレンがまた胸の膨らみへと手を伸ばし優しく揉《も》み始めた。

口付けを繰り返しながら胸を優しく撫でられると、彼に触れられたライラの秘所や蕾《つぼみ》が、じんじんと痺《しび》れてくる。そのうちにライラは、どこかもどかしさを覚え始めた。

「はぁっ……」

互いの唇が離れると、ライラの口から甘い吐息が漏《も》れる。自然と腰が揺れてしまい、身体が熱くなってきた。溶けてしまいそうな感覚と同時に、ライラの秘所からは蜜のようなものが溢《あふ》れ出してくる。

ライラは、しがみついていた腕を少し緩《ゆる》めて彼の顔を見つめた。

見つめ返すアレンの視線は力強く揺るぎない。

マーガレットの部屋で見た、肖像画の主。彼がこの国の王であることは疑いようがなかった。

そんな方が、どうして使用人である自分をこんな風に優しく抱きしめ、愛撫してくるのだろうか――

ふと見上げると、彼の背後には泣きたくなるほど美しい満月が浮かんでいる。

もしかしたら、陛下に会いたいと願ったライラに、月の神様が素敵な夢を見させてくれているのだろうか。

月の光を帯びてキラキラと輝く金色の髪に、ライラをどこか愛おし気に見つめる緑色の瞳……それがとても現実のものとは思えなくて、ライラは逞《たくま》しい身体に強くしがみついた。

これが夢ならば、それでもいい。

こんなにも彼を身近に感じられる夢なら、いつまでも覚《さ》めずにいてほしい。

「どうした？」

しがみつくライラに、アレンが小声で尋ねてきた。

「いえ……これはきっと、夢なんだと思って」

思わず口にすると、アレンは苦笑を漏らした。

「夢か。夢では困るな。せっかく見つけたというのに、儚《はかな》く消えられては俺が困る」

アレンはライラの舌を口に含み、その舌の先にほんの少しだけ力を込めて歯を立てた。ぴりっとした痛みにライラが一瞬身を強張《こわば》らせると、すぐに解放される。

「これでも、夢だと思うか？」

ライラはじんわりと痛みの残る舌をひっこめながら、首を振った。だが、夢ではないとしたら、なおさらこの状況の意味がわからない。

「痛かったか？」

ライラが戸惑ったように頷くと、アレンが再び唇を合わせてくる。

ぴちゃぴちゃと響く水音に、ライラは次第にたまらない気持ちになった。熱く火照《ほて》った身体は、優しい愛撫ではなく、もっと力強い刺激を求め始める。

夢ではないとしても、到底現実としては受け入れられない。とはいえ、目の前のアレンがライラに与える感触は現実のようだ。だとしたら、もっともっとそれを感じたい。

「アレン、様……もっと、触って……」

頬を赤く染め吐息まじりに呟《つぶや》くと、アレンがごくりと喉を鳴らした。

アレンは再びゆっくりとライラの秘所へ指を滑らせてくる。ぴくんと身体を反応させながらも、ライラは必死にアレンにしがみついた。そんなライラの頭に軽くキスをした後、アレンはおもむろに指を動かし始めた。

「は……ぁっ、ああ……ん」

考えることを放棄したライラは、ただ彼に与えられる快感の波に揺られる。

ぬるぬるした蜜をまとったアレンの指が、蕾《つぼみ》を擦《こす》り、ライラの息が荒くなった。

「あ、はあ……や、なにか、変……っ」

虚《うつ》ろな目でアレンを見上げると、アレンはライラの唇を激しく貪《むさぼ》ってくる。

「はっ、ん、んっ、んん……っ！」

何かがせり上がってくるのを感じながら、ライラも夢中でアレンの舌を吸い返した。

「あ、ふぁ、あああ……やぁ……っ」

「そのまま……俺に掴《つか》まっていろ」

必死にアレンの肩にしがみついていると、その瞬間は急に訪れた。

「あぁ……や、んんんーーーっ!!」

ライラは背中を反らし、びくびくと身体を痙攣《けいれん》させる。同時に脚の付け根にぎゅーっと力が入り、アレンの指を締め付けた。

ライラは荒い息を繰り返し、逞《たくま》しい身体にしがみつく。そのうちに身体から力が抜けて、くったりとアレンの胸にもたれかかった。ライラの心臓と同じくらい、アレンの鼓動もドクドクと速い。

「アレン、様……」

力なく見上げると、ぼんやりと霞《かす》む視線の先で満ち足りた表情のアレンがライラを見下ろしている。

「見つけたぞ、月の姫よ」

何を言われたのか理解する前に、アレンの腕の中でライラの意識は遠のいていった。

2　月の姫と呼ばれて

少女を抱きかかえたままずんずんと歩くアレンの後ろ姿には、言いようのない怒りが溢《あふ》れていた。落ち合う約束をした場所に少女を抱えてやって来たアレンに、クレイグはまず驚いた。さらにその少女が、見たこともないほど見事な銀髪だったことにも衝撃を受ける。

今まで幾人もの偽者を見てきたクレイグには、その少女が他の娘と違うということが直感的にわかった。

だが、本当に月の姫を見つけてきたアレンに祝いの言葉をかけようにも、かつてないほどの怒りを全身から滲《にじ》ませている相手に口を噤《つぐ》む。

「陛下……ちょっと、大丈夫ですか」

「大丈夫なわけあるか。見てみろ、この細い手足を」

そう言われて、クレイグがどれどれと少女に手を伸ばす。

「……やっぱり触るな」

だが、アレンはクレイグの手が届かないよう少女を抱え込んでしまった。ため息をついたクレイグは、仕方なくアレンの後ろをついて歩く。

「その少女が……？」

「ああ、月の姫だ」

アレンの抱える少女は、全身をすっぽりとアレンのマントにくるまれていた。かろうじて顔だけ出した状態ですやすやと眠っている。

マントから零《こぼ》れ落ちた髪は輝くばかりの銀髪で、僅《わず》かに桃色に染まった頬も陶器のように透き通っている。何よりその少女が放つ圧倒的な存在感に、クレイグは息を呑んだ。

クレイグが感慨にふけりながらアレンの後ろをついて行くと、彼はブルーノの屋敷の前でぴたりと足を止めた。

「あれ？　中に、お入りにならないのですか？」

クレイグが不思議に思って声をかけたのと、護衛の兵士がアレンの姿に気づいたのはほぼ同時だった。

「陛下！　こんな夜更けにどちらへ……」

「領主ブルーノとその娘を呼べ」

凄味《すごみ》のある声に驚き、兵士が慌《あわ》てて屋敷の中へと走り去っていく。

「さっさと片づけて王都へ帰るぞ」

アレンが振り返りもせずに、後ろに立つクレイグへ告げた。

ほどなくして着の身着のまま外へ出てきたブルーノとマーガレットは、少女を腕に抱いたアレンの姿を見て表情を変える。

「お、お前は……っ、なぜそんな」

「その様子を見るに、自分たちのしでかした罪を認識しているようだな」

アレンが冷たく言い放つ。

「月の姫の存在を隠し、さらに自分の娘を月の姫だと偽った罪は大きい。王族を謀《たばか》るとは、反逆と取っていいな？」

「そんな！　反逆だなんて、そんな滅相《めっそう》もないっ」

ブルーノは真っ青になってぶるぶると首を横に振る。その横で、アレンの腕に抱かれる少女を睨《にら》み付けていたマーガレットが一歩前に出た。

「その子が、月の姫だなんてありえませんわ！　わたくしが……わたくしこそがっ！」

必死な様子のマーガレットを、アレンが一蹴《いっしゅう》した。

「月の姫かどうかを決めるのは、お前ではない。この俺だ。偽りの銀髪で俺の目を欺《あざむ》けるとでも思ったか？」

顔だちの綺麗な娘が、顔を真っ赤に染め身を震わせる。

何事かと周りに集まり始めていた兵士や使用人たちが、アレンの腕に抱かれた少女とマーガレットを交互に見つめている。

輝くばかりの白銀の髪を持つ少女の前では、マーガレットの灰色がかった銀髪は随分汚らしく見える。おそらく誰もが、一目で真の月の姫がどちらであるかわかったことだろう。

「まさか……マーガレット様が月の姫じゃないって？」

「だって見てごらんよ。陛下が抱かれている娘の見事な銀髪をさ」

今まで彼女を月の姫だと信じてきた人々は、領主父娘《おやこ》に冷たい視線を向けてきた。そんな人々の囁《ささや》き声が、マーガレットの耳にも届いたらしい。

彼女は周囲を睨み付けると、そのまま鋭い視線をアレンの腕に抱かれた少女に向けてきた。その横で、ブルーノはただ青ざめた表情で立ち尽くしている。

「王都に戻るぞ。急ぎ出立の用意を！」

アレンは言うだけ言うと、二人にくるりと背を向けた。

腕の中で眠り続ける少女を愛おしげに見下ろし、そっと抱き直す。柔らかく口元を緩《ゆる》ませているアレンを見て、クレイグはさらに衝撃を受けた。

あの、堅物で女性にはあまり興味を示さなかったアレンが、あんな表情を見せるなんて。

王家の伝承もバカにならない、と、クレイグは一人で深々と頷く。

「お待ちください！」

しかしその表情は、背後から追い縋《すが》ってきたブルーノの声によって、あっという間に不機嫌に歪《ゆが》んだ。

「陛下、どうかお待ちください！　この子を……そう、捨てられていたこの子を拾って保護したのはこの私です！」

呼びかけにぴたりと足を止めたアレンをよしとしたのか、ブルーノはさらに勢い込んで言葉を続けた。

「ええ、ええ。この子が川の傍に捨てられていたのを連れて帰り、今まで育てたのは私です。月の姫だなんて知らなかったけれど、そりゃもう大切に……」

ブルーノがベラベラと話し続ける中、アレンの表情がみるみる険しくなっていく。隣にいたクレイグが、余計なことをと言いたげに舌打ちをした。アレンはひとつ深い息を吐くと、ゆっくりとブルーノへ振り返った。

「ブルーノと言ったか？　この娘の細い身体と怯《おび》えた様子を見れば、ここでどんな扱いを受けていたか容易に想像がつく。そのような言い訳は不愉快だ。これ以上御託《ごたく》を並べるつもりなら……それは俺への謀反《むほん》と受け取る」

血の気を失いその場にくずおれるブルーノとマーガレットに背を向け、アレンは馬車に向かって歩き出した。その背中が二人を振り返ることは、二度となかった。


「さっきの話、お前はどう思う？」

相変わらず少女を腕に抱いたままのアレンが、すぐ後ろを歩くクレイグに問いかけた。夜中に突然、出立宣言がされたため、周囲は準備に追われる兵士や家臣でごった返している。

クレイグはそんな家臣たちへ的確な指示を与えつつ、アレンに向き直って口を開いた。

「さっきの話って……あの領主がこの子を拾って育てたっていうやつですか？」

「ああ」

銀色の髪を持ち生まれてくることは、この国では大きな意味を持つ。これほど美しい銀髪を持ちながら親に捨てられたとは信じがたく、何か別の意志が働いたと考えざるを得ない。

「何か事情がありそうですね？」

「ああ、あの領主のことだ。拾ったとは出まかせで、生まれて間もないこの子をさらった可能性もある。早急に調べさせろ」

アレンは憎々しげに眉間に皺《しわ》を寄せ、そう言い放った。

「月の姫がもたらす奇跡の恩恵《おんけい》を受けていたのは、あの豪華な屋敷を見れば一目瞭然《いちもくりょうぜん》だ」

「ええ、そうなんですよ。ちょっと探《さぐ》っただけで怪しい点があっちこっち……着服していた税金は、数年前まで遡《さかのぼ》ってガッチリ徴収できそうです」

それに加えてブルーノは、奇跡の万能薬と言われている白銀花《はくぎんか》を国を通さず勝手に売買していたらしい。その利益だけでも、かなりの金額になっていただろう。

「手加減なしで、絞り上げろ」

「承知いたしました」

クレイグは頭を下げると、出立確認のためにアレンのもとから離れた。一人になったアレンは、腕の中で眠り続ける少女に視線を落とす。

最初に見た時は黒色だった彼女の髪は、今や見事な白銀へと変わっている。不自然なまでに黒かった髪は、あの領主から染めるよう強要されていたのかもしれない。

そう思うと、さらに怒りがこみ上げてくる。

眠り続ける少女の額にコツンと自らの額を当てると、小さく息を吐いた。

あの父娘《おやこ》に隠されていたこの少女を、見つけ出せて本当に良かった。

アレンは柔らかい頬にそっと唇をつけた。

＊　＊　＊　＊　＊

ガタンと大きく何かが揺れた衝撃で、ライラはぱちりと目を覚ました。

なぜかそこは馬車の中で、ライラはいつ着替えさせられたのか見慣れぬ服を着ていた。

呆然としているとさらに馬車が揺れ、座席から転げ落ちそうになる。慌《あわ》てて踏ん張りながら、ここはどこだろうと馬車の中でキョロキョロと首を動かした。すると馬車がゆっくり止まり、扉からひょいっと茶色の髪をした見知らぬ青年が顔を覗《のぞ》かせる。

「ああ、お目覚《めざ》めでしたか。随分長く眠っていたから心配しましたよ」

濃茶の髪にアレンと同じ緑色の瞳をした青年が、ライラを見てにこりと微笑んだ。アレンほどではないが、彼も整った顔立ちをしている。

「初めまして。私はアレン様の側近で、クレイグと申します」

「あ、あの……ここは一体……それにこの服は……？」

クレイグは、混乱して涙目になっているライラに微笑みかけ、飲み物と軽食を差し出す。

「王都へ向かう途中です。服は急場だったので気に入らなかったのならすみません。王都に着き次第お似合いになるものを御用意しますから」

なんと答えたらいいのかわからず言葉を失っているライラの顔をまじまじと覗き込み、クレイグと名乗った青年は感心したように何度も頷いた。

「白銀の髪に鮮やかなブルーの瞳……本当に月の姫がいたんですね」

「え、あの……私は月の姫ではありません」

きょとんとしたライラがそう言うと、クレイグは笑顔で首を振った。

「アレン様があなたを月の姫だと言ったのだから、間違いありません」

「アレン様？　あの、アレン様とは陛下のことですよね？」

「ええ、もちろん。彼から何か聞いていないのですか？」

クレイグに言われ、ライラは必死に記憶を辿《たど》った。

「あの……傍にいろって言われたような気はするんですが、でもそんなことあるわけないですよね？」

「ほほう。アレン様は、そんなことを言いましたか」

なぜかクレイグににやにやと見つめられ、ライラは動揺してぶんぶんと首を横に振った。

「い、いえ……！　陛下は私のことを月の姫って言ったような気がしますが、そんなわけはありませんから……」

だとしたら、大きな間違いだ。

「あの、何かの間違いではありませんか？　私がこんな豪華な馬車に乗っては……」

「まあまあ。言いたいことがあるなら、アレン様に直接お尋ねくださいな」

クレイグはそう言って微笑むが、肝心のアレンが見当たらない。ライラがキョロキョロと馬車の中を見回していると、クレイグが口を開いた。

「アレン様なら、先に王都に戻られました。王都にたくさん仕事を残してきていますからね。かなり名残惜《なごり》しそうでしたけど、楽しみは後に取っておきましょうと説得して早馬で帰しました」

本当に、この馬車はライラを乗せたまま王都へ行くのだろうか。ありえない展開に、ライラはあんぐりと口を開けた。

「王都まで、しばらくはゆっくりしていてください。それでは」

クレイグは軽やかにそう言うと、きっちりと馬車の扉を閉めてしまう。

ライラが月の姫なんて、一体どこでそんな間違いが起きてしまったのだろう……

月の姫はマーガレットのはずだ。国王一行は彼女を迎えにわざわざ王都からやって来たのではなかったのか？

それなのに、どうしてマーガレットではなくライラが王都へ向かっているのだろう。

（私が月の姫……？　ううん、そんなはずはない。どうしてこんなことに……）

マーガレットとライラが、なぜ間違えられたのかわからないが、急いで誤解を解かねばならない。

けれど、ライラが混乱しているうちに既に馬車は走り出してしまっている。

ライラは不安にさいなまれながら、一人馬車の中で深いため息をついた。


「お疲れさまでした。ようこそ王都へ、月の姫君」

馬車が速度を緩《ゆる》め止まったかと思うと、クレイグが勢いよく扉を開けた。

ライラが促《うなが》されるがままに馬車から降りると、目の前には見たこともないほど大きな石造りの建物がそびえたっている。

ライラは口を開けたまま、その建物を仰ぎ見る。右を向いても左を向いても、どこまでも壁が続いていてその端がわからない。

「さあ、こちらへ。姫君には、これからアレン様との面会に備えて準備をしていただきます」

クレイグに言われ、ライラは慌《あわ》てて彼の後を追う。

「あのっ、準備って何を？」

クレイグが重厚そうな扉に近づくと、両側に立っていた衛兵が扉を左右に開く。そのまま進んでいく彼に続くと、中はかなり天井の高い空間が広がっていた。ふと上を見上げると、そこには天使が飛び交う見事な天井画が描かれている。

「わかっているとは思いますが、ここがサマルド国の王宮です。つまり、お城ですね」

「お……お城!?」

唖然《あぜん》とするライラの前に、いつの間にかズラリと数人の女性が並んでいる。皆動きやすそうな揃いの服を着ているので、どうやらこの城で働く侍女たちのようだ。

「さあ、姫君。安心して彼女たちに身を任せてください。それではよろしく」

そうクレイグが微笑むと同時に、ライラは彼女たちに抱えられるようにその場から連れ去られていた。

暖かく湿り気のある部屋に連れていかれたライラは、抵抗する間もなく身に着けていた衣服を剥《は》ぎ取られた。

「さあ、中にお入りください」

言い方は優しいが、有無を言わさぬ迫力がある。裸で逃げ出すこともできず、恐る恐る入った部屋で、ライラは身体の隅々まで侍女たちに磨《みが》かれることになった。

お湯がなみなみと張られた大きな浴槽に入れられ、たっぷりの泡で身体を洗われる。ライラはただ、驚きで身体を強張《こわば》らせることしかできない。

「なんて美しい銀髪なのかしら」

侍女に言われ、ライラが自分の髪を見下ろすと、見たこともないほど鮮やかな白銀に輝いていた。その眩《まばゆ》いばかりの輝きに、我が目を疑う。いつの間に染料が落ちてしまったのだろう。

物心がついた時から染め続けていたため、正直自分でも本来の髪の色がわからなくなっていた。けれど、自分に髪を染めるよう命じたブルーノの奥方が『銀色に似た紛《まぎ》らわしい白髪』と言っていたので、てっきりそうだと思っていたのだが……

「これが、私の髪……？」

「ええ。少し傷《いた》んでおりましたが、本当にお美しい髪ですわ」

侍女はそう言うと、ライラの髪を優しく手に取り、手入れを続けていく。丁寧に洗いオイルを擂《す》り込んだ髪は、手触りも輝きも自分のものではないようだ。

何もかもが信じられず、夢のように感じる。

「さあ、月の姫君様。今度はこちらの湯船にお浸《つ》かりくださいませ」

『月の姫君様』だなんて呼びかけられると、身体が縮こまりそうなほど恥ずかしくなる。

おとぎ話として語り継がれている月の姫のことは、当然ライラだって知っている。しかしそれが自分だと言われても信じられるはずがない。

もしかしてからかわれているだけかと思い侍女たちの顔を窺《うかが》ったが、そんな様子は微塵《みじん》も感じられなかった。

途方に暮れながら、ライラは赤い花びらの散る浴槽に浸かる。いつも冷たい川で身体を洗っていたライラは、お湯の中に全身を浸《ひた》すなんて初めてだった。

(なんて気持ちがいいのかしら……)

体温より少し高いくらいのお湯は、まるで誰かに抱かれているかのように温かくて心地いい。湯に浮かんでいる無数の花びらのせいか、ふわりといい香りもする。

肩までお湯に浸かり深く息を吸うと、身体の中まで潤《うるお》っていくようだった。

充分に温まり風呂を出ると、すぐに清潔で真っ白な布で身体を拭《ふ》かれ、飲み物が差し出される。

喉が渇《かわ》いていたライラはおずおずと陶器のコップを受け取った。口をつけると、水だと思っていた飲み物は、ほんのり甘い味がする。

「美味《おい》しい……」

「果物を漬けた果実水にございます。美容にとってもいいそうですよ」

ライラが飲み物を飲んでいる間にも、侍女たちの手は休まることがない。身体中に花の香りがするオイルを塗られ、その上から真っ白な粉をはたかれる。ふわんと漂う甘い香りに、くらくらしそうだった。

「お仕度が整いました。月の姫君様」

そうしてライラの前に、静々《しずしず》と大きな鏡が運ばれてくる。目の前に置かれた鏡に視線をやったライラは、そこに映る自分の姿に息を呑んだ。

そこには、艶《つや》やかな白銀の髪を後ろに流し薄いブルーのロングドレスを身に着けた、見違えるほど美しくなったライラが映っている。

温かい湯に浸《つ》かったからか、いつも青白いと言われるライラの肌が、ほんのり桃色に染まっている。

さらに、暗く沈んだ濃紺の瞳もなぜか鮮やかなブルーへと変化を遂げていた。

髪と瞳の色が変わった姿は、とても自分とは思えない。別人と言えるほど美しく変貌《へんぼう》した自分に、ライラは言葉を失う。

「さ、姫君様。参りましょうか」

呆然と立ち尽くすライラをニコニコと見つめながら、侍女たちが促《うなが》してきた。

「は、はい。すみません」

ぺこりと頭を下げると、侍女は一瞬驚いた顔をして軽く首を横に振った。

「私たちのような者に、頭を下げられてはいけません」

「でも……私、姫君でもなんでもないので……」

困った顔でそう言うと、侍女たちは顔を見合わせた。

「何も心配されることはありません。あなた様は、アレン様がお連れになった月の姫君様です。アレン様がそうおっしゃるのですから、間違いございませんわ」

ライラは複雑な心持ちになりながら、促されるまま侍女の後に続いたのだった。


ブルーノの屋敷も大きいと思っていたが、この城はブルーノの屋敷など比べものにならないほど大きい。迷うことなく通路をスルスルと歩いていく侍女の後ろを、ライラはキョロキョロと辺りを見回しながらついて行く。どこを歩いているか全くわからず、これは確実にもといた場所には戻れそうもない。ぼんやりとそんなことを考えていたら、いきなり侍女の足が止まった。

侍女は重厚なドアの脇に立つ衛兵に軽く頭を下げる。衛兵たちはちらりとライラに視線を送ると、すぐにドアを開けてくれた。

「それではわたくしはこれで」

ここから先へは一人で入れと言うことだろう。ライラは不安を感じながらも侍女へこくりと頷き、部屋の中へと震える足を踏み出した。

フカフカの絨毯《じゅうたん》が敷き詰められた部屋で、中央には大きな机が置いてある。そこに誰か座っているのがわかったが、窓を背にしているためか逆光で顔が見えない。

「これはこれは」

すると、すぐに近くからクレイグの声が聞こえた。彼はライラの前まで歩いてくると、膝をついてライラの手を取る。

「なんてお美しいのでしょう。改めまして、ようこそ月の姫。サマルド国の王宮へ」

国王陛下の側近という位の高いクレイグに跪《ひざまず》かれ、ライラはどうしていいかわからずまごついた。

その間にクレイグから手の甲に軽くキスをされ、驚いたライラは思わず手を引いてしまう。

その時、部屋に凛《りん》とした低い声が響きわたった。

「月の姫よ。よく来たな」

既に誰か聞き分けられるようになっていたアレンの声に、ライラは慌《あわ》てて膝をつく。

「いい。そんな姿勢はとらなくても」

こんな時、ライラはどういう態度を取ればいいのだろうか。

そんな姿勢と言われても、ライラはそもそも正しい姿勢がわからず、オロオロと視線をさまよわせた。

机に座るアレンよりも、傍《かたわ》らに立っているクレイグの方が距離が近い。ただそれだけの理由でライラはクレイグに助けを求める視線を送った。しかしその瞬間、アレンにチッと舌打ちされてしまう。

何か、無礼なことをしてしまったのだろうか。

「も、申し訳……」

つい条件反射的で謝ろうとしたら、その言葉を遮《さえぎ》るようにライラの肩にクレイグの手が置かれた。

「ほら、あなたがそんな態度だから怯《おび》えちゃってますよ」

見かねた様子で、跪いたまま固まっていたライラを立たせる。

「陛下はあなたの態度が悪いと言っているわけではないので、何もお気になさらずに。さ、陛下の傍に行ってあげてくださいな」

「え、あの……でも……」

ちらりと視線を向けたアレンは、見たこともないほど立派な服を着ている。初めて会った時以上に立派で威厳に満ちた今のアレンには、とてもじゃないが近寄ることなどできない。

まごつきその場から動けずにいるライラに、アレンから声がかかった。

「こちらへ、月の姫よ」

王宮に来てから何度目かわからないその呼びかけに、ライラは落ち着かなさを味わう。

ライラの中では、月の姫といえばマーガレットのことだ。それなのに、誰もがライラを月の姫と呼ぶのだ。

とりあえず、アレンの誤解を解かなくてはいけない。ここへ来る馬車の中で、クレイグから直接アレンに伝えるよう言われたことを思い出し、ライラは勇気を出して口を開いた。

「あの……私は月の姫ではありません。それはマーガレットお嬢様のことで……」

「誰が月の姫なのか、決めるのは俺だ。お前や、あの領主父娘《おやこ》ではない」

しかしそれに応えるアレンの言葉は、反論を許さないほど力強かった。

はじかれたように顔を上げると、アレンはじっとこちらを見つめている。鮮やかな緑の目に見つめられ、ライラはぱっと頬を赤く染めた。目を逸《そ》らしたくても、逸らすことができない。

「月の姫というのが、どういう存在かはご存じですか？」

クレイグが、横から穏やかにライラに語り掛けた。

おとぎ話としての言い伝えなら、おぼろげながら聞いたことはある。しかし誰かにきちんと説明できるとは言い難い。ライラが小さく首を振ると、クレイグはだいたいのところを察した様子で話し始めた。

「サマルド国の国王となる方は、『太陽神の末裔《まつえい》』と言われています。それはこの地方の争いを治め建国した初代の王が、輝くばかりの金髪を持ち『太陽王』と呼ばれていたからです。諸説ありますが、実際にこの地域で古代から祀《まつ》られている太陽神の子であったとも言われています」

サマルド国は太陽を神になぞらえて崇《あが》める風習がある。それはライラも知っていることなので、理解を示すために頷いて見せた。

「初代の国王がこの地を治め建国するほどの力を得たのは、伴侶として月の姫と呼ばれる女性がいたからだと伝えられています。彼女は、不思議な力でもって王を支えたのだそうです」

「不思議な力……ですか？」

クレイグがにっこりと笑いながら、ライラに近づいて跪《ひざまず》いた。

「月の姫と呼ばれる女性は、その後も数代おきにサマルド国に現れました。そして月の姫の存在とともに、サマルド国もどんどん力を増していき……いつしか、太陽王のもとへ月の姫が降りし時、国はさらなる繁栄《はんえい》を遂げるだろうという言い伝えが国中に広まることとなったのです」

月の姫の存在は、ただのおとぎ話ではなかった。そのことに驚きつつも、だったらなおさら自分がそんな重要な存在であるはずがないとライラは思う。

「私は生まれて間もなく捨てられたような娘です。私が月の姫だなんて、そんな恐れ多いこと、あるはずがありません」

一気にそうまくしたて、ライラは再びその場に跪き俯《うつむ》いた。

今までずっと黙っていたアレンは、ぐっと眉をひそめると、おもむろに椅子から立ち上がる。

「お前は、どうしても自分は月の姫ではないと言い張るのだな。国王であるこの俺が……お前を月の姫だと言っているのに、それを否定するというのか？」

「そ、そういうことではなくて……っ！」

ライラが慌《あわ》てて首を振ると、すぐ近くまで歩いてきたアレンがライラの前に屈《かが》み込んだ。

国王であるアレンが自分の目線まで身を屈めてくれている。焦ってさらに深く首《こうべ》を垂れようとすると、アレンはライラの頤《おとがい》を掴《つか》み強引に上を向かせた。

「お前が自らを月の姫だと認めようが認めまいが関係ない。お前は、これから俺の傍で生きていくのだ」

強い視線にまっすぐ射抜かれ、ライラの身体が固まった。言われた言葉は耳に入っても、その意味が理解できない。

そんなはずはない。サマルド国の王ともあろう人が、自分を傍に置くだなんて――

「ど、どうして……」

そう言いかけたライラの身体は、力強い腕に引き寄せられ高々と荷物のように掲げ上げられた。

「きゃっ……！」

「口を開けば否定的な言葉ばかり。だったら、これ以上の話し合いは無駄だ」

いきなり肩の上に担《かつ》ぎ上げられ、ライラはジタバタと身体を揺らす。だが、腰に回されたアレンの手は離れない。

「ちょっと陛下！　女性の抱き方として、それはどうかと思いますよ」

「この方が早い」

呆れた口調のクレイグに構うことなく、アレンはそのまま歩き出した。

「自分が月の姫ではないと言うのなら、身をもってわからせてやるしかあるまい。無理強《じ》いは性《しょう》に合わないが、仕方ない」

「……ということは」

「しばらく籠《こも》る。後のことは頼んだぞ」

アレンはクレイグにそう言い捨てると、机の背後にある扉の中へ入っていった。


そこが寝室だとわかったのは、アレンの肩からベッドの上へ落とされたからだ。

「きゃっ」

いきなり落とされて驚いたが、フカフカのベッドがライラの身体を柔らかく受け止める。

慌《あわ》てて身を起こそうとしたが、それより早くアレンの身体がのしかかってきて、あっという間にベッドに組み敷かれてしまった。

「手っ取り早く、お前が月の姫である証《あかし》……お前が俺と結ばれるべき存在だと確かめる方法がある」

「月の姫である証……?」

アレンを見上げると、彼はどこか熱を帯びた瞳でライラを見下ろしている。その視線が怖くて、ライラは反射的に身をよじった。

「逃げるな」

強い声で命じられ、ライラはびくっと身をすくませる。

「月の姫よ」

幾分声色は優しくなったが、ライラはなぜかちくんと胸が痛むのを感じた。

「……違います」

「まだ言うか」

アレンは眉をひそめたが、ライラとて素直に受け入れるわけにはいかなかった。

「私は、月の姫じゃなくて……ライラという名前があるんです」

話しているうちに、じわりと涙が滲《にじ》んできた。ライラという名は、本当の娘のように自分を育ててくれたザラがつけてくれた大切な名だ。

月の姫と呼ばれても、それが自分のことだとはちっとも思えない。ライラをライラたらしめるものはザラがつけてくれたこの名前だけなのだ。今の自分には、この名前しか縋《すが》るものがないと気づいた瞬間、ライラはハッとザラのことを思った。

どういう経緯でここへ連れてこられたのか、川のほとりで気を失ってからの記憶がない自分には、わからない。

だが、おそらくここは本来マーガレットが来るはずだった場所だ。どんな誤解があったにせよ、マーガレットとブルーノが怒り狂っているだろうことは容易に想像できる。

もし、怒りの治まらないブルーノやマーガレットによって、ライラの育ての親同然のザラが八つ当たりを受けているようなことがあったら……。今さらながらそのことに気づき、ライラの顔はみるみる青ざめた。

「どうしよう……ザラに、何かあったら」

ライラは状況も忘れて目の前のアレンに縋《すが》った。

「そのザラという女は、お前のなんなのだ？」

「ブルーノ様の屋敷の使用人で……私を育ててくれた人です。ブルーノ様が屋敷に連れ帰った私の面倒を、全てみてくれたのはザラなのです」

「それなら、お前の親同然だな」

アレンはライラの身体から身を離すと、何かを考えるように顎《あご》を撫でた。

「わかった。明日の朝一番に迎えに行かせよう」

「え……？」

ライラはパチパチと目を瞬《またた》かせた。

「お前もこの城に来たばかりで不安だろう。そのザラという使用人を専属の侍女として城に迎える。

親同然でお前を育ててきたのなら、その女もお前の傍にいたいだろうからな」

ライラは慌《あわ》てて身を起こしてアレンの袖を掴《つか》んだ。

「ほ、本当ですか!?」

見上げると、アレンは鷹揚《おうよう》に頷いた。

「俺は嘘はつかない」

「……っ、ありがとうございます！」

ライラは先ほどまでとは別の涙を浮かべて、アレンに頭を下げた。ブルーノの屋敷での自分たちの待遇は、決していいとは言えなかった。そんな中で、お互いに母と娘、または姉と妹のように支え合って生きてきたのだ。

涙を滲《にじ》ませて見つめるライラの瞼《まぶた》に、アレンは軽くキスをしてくる。

突然の甘い口付けに、ライラはぽかんと口を開いた。

「気がかりは、それだけか？」

「え……？」

「これで思い残すことはないのだな？　だったら」

そう言いながら、アレンは再びぽすんとライラの身体をベッドへと押し倒した。

「あの夜の続きだ。今夜は……最後までするから、覚悟しろ」

重厚なカーテンの隙間から、一筋の月の光が差し込んでいる。部屋には蝋燭《ろうそく》も灯《とも》されていたが、白いその光の方が明るく見えた。

今まで触れたことがないほど柔らかくてフワフワのベッドに横になり、目の前には恐ろしく整った顔のアレンがいる。何かの間違いではないかと混乱するライラの唇が、アレンの唇によって塞《ふさ》がれた。

「ん、んんーっ！」

くぐもった声は全て彼の中へと吸い込まれてしまう。ライラの中にゆっくりと侵入してきた舌は、緩《ゆる》やかに、それでいて強引に、ライラの口腔をねっとりと這《は》い回る。

官能を刺激するその動きに、ライラの身体はあっと言う間に火がついたように熱くなった。

口の中を熱い舌でなぞられ、唾液が零《こぼ》れそうなほど溢《あふ》れてくる。呑み込もうにも混乱した頭は上《う》手《ま》く働かない。そんなライラの様子がわかるのか、アレンはライラの小さな舌に吸い付くと絡《から》め取るようにして唾液を吸い上げる。

ライラはアレンの仕掛けてくる行動に、ただ翻弄《ほんろう》された。

気づけば戸惑う気持ちとは裏腹に、喉の奥から甘い喘《あえ》ぎ声を漏《も》らしている。アレンは片肘をつきライラへ身体を近づけると、さらに口付けを深くした。

「ふぁ……っ、ん、ぁ……」

その猫のように甘えた声が、自分のものとは思えない。無意識にきゅっと身体に力を入れ声を堪《こら》えようとしたら、アレンの指がライラの耳へすっと伸びてきた。

つつっと耳の縁《ふち》を指でなぞってから、全体をくにくにと柔らかく揉《も》んでくる。

その度に身体がぴくぴくと震えてしまうライラを見て、キスをしながらアレンが薄く笑った。

「んあ……や、だめ……」

ライラは無意識にアレンの腕に縋《すが》りついた。力を入れて彼の上着を握り締める。

「だめ？　どうしてだ？」

ライラから唇を離したアレンは、そう言いながら今度は首元へ唇を滑らせた。

チュッと音がしたかと思うと、ちくんとした痛みが襲う。ライラはうっと顔をしかめるが、何度か繰り返されるうちに段々と慣れてくる。それどころか、唇が肌に吸い付く感触に、ぞくぞくとした快感を覚え始めた。

「ん………っ」

唇が名残《なごり》惜し気に首元から離れ、触れていた肌の上を濡《ぬ》れた舌が這う。ライラが声を漏らすと、アレンはさらに何度も肌を舐《な》めた。まるで、甘い砂糖菓子にでもなってしまったように感じる。

「見てみろ」

そう言われて、いつの間にかしっかりと閉じていた瞼《まぶた》を開けると、ライラの首から胸元にかけて小さな朱い痕《あと》がいくつも散らばっていた。

「これ、は……」

虫刺されの痕みたいと思ったが、そうではなくアレンが先ほどまでしていた行為によってつけられた痕だとわかった。

「これは、お前が俺のものだという証《あかし》だ」

そう言うと、アレンはライラを見つめながら朱い痕《あと》にゆっくりと舌を這《は》わせる。さらに舌の先を尖《とが》らせて、くるりと痕をなぞった。

「ふっ……俺の、もの……？」

「そうだ」

身体に散るこの痕は、お互いに肌を見せ合うような関係でなければ、そして思うがままに貪《むさぼ》るのを許すような関係でなければつけられない。

その意味を悟って赤面したら、今度は身体をくるりとひっくり返された。

「ひゃ……っ」

アレンの指がライラのドレスのリボンを解き、一気に下ろした。そこから覗《のぞ》いた細い肩に触れられ、ライラの身体はびくっと跳ねた。一瞬離れた指が、再びゆっくりと肩から背中にかけてなぞってくる。声が出そうなのを必死に耐えていると、アレンが背後でくすりと笑った。

「背中が、気持ちいいのか？」

そう言いながら、アレンはちゅっと音を立ててライラの背中に唇を当てると、そのまま軽く吸い付く。そうするのが彼の所有欲だと知ったからか、痛さよりも快感が勝った。

声を堪《こら》えごくんと唾を呑み込むと、今度は舌がじっとりと背中を伝う。

無言で背中を引き攣《つ》らせながら、ライラはあの日、アレンに樹の幹に押し付けられて身体中を愛撫されたことを思い出した。

――今日も、またあの時のように全身を翻弄《ほんろう》されるのだろうか。

アレンは後ろから手を伸ばすと、ライラの胸の膨らみに触れてきた。大きな手で掴《つか》まれ、下からすくい上げるように激しく揉《も》みしだかれる。大きさを確かめるみたいに指を動かされ、時折強く掴まれた。その度に柔らかな肉に彼の指が食い込んでくる。

細い身体の割に大きな胸は、うつ伏せにされることでさらにその存在感を増す。アレンはいつの間にかぴったりとライラに身体を添わせ、夢中になってライラの胸を触っていた。

「柔らかくて触り心地がいいな。いつまでも触れていたくなる」

「あ、あり……」

ありがとうございます、と言いかけてハッと口を噤《つぐ》んだ。確かに身体を褒《ほ》められはしたが、ここでお礼を言うのはなんとなく違う。ライラの戸惑いが伝わったのか、背後のアレンがくすりと笑った。

豊かな胸に触れながらアレンは何度も首筋や肩に唇をつけてくる。その度、ライラは身体を震わせて反応した。

「んんっ、あ、あ……、ふぁっ」

与えられる刺激から逃れようと、ライラは身をよじり背中をしならせる。けれどもアレンは逆に身体を密着させるように強くライラを抱きしめ、胸を弄《いじ》ってきた。

そして立ち上がりかけた胸の頂《いただき》に指を伸ばすと、何度かはじいた後にきゅっと摘《つ》まみ上げた。

「あぁぁっ！」

途端にライラは身体をびくんと反らして声を上げる。背筋を駆け抜ける痺《しび》れにも似た感覚が全身を駆け巡《めぐ》り、触れられていないはずの下腹部の奥がじゅんと熱くなった。

「いい声だな……理性を失いそうだ」

アレンはそう言うと、一旦身体を離してライラのドレスを脱がしていく。慣れない刺激に朦朧《もうろう》として上手《うま》く動けないライラは、されるがままに身を包んでいたドレスを全て奪われてしまった。

「え、あ、いやぁ……！」

いつの間にか全てを脱がされていたことを知って身を隠そうとしたが、その手はアレンに掠《かす》め取られた。同時に、うつ伏せていた身体を上に向けられる。

「ああ、美しいな。……女神のようだ」

アレンがライラを見下ろし、うっとりと呟《つぶや》く。

その言葉が自分に向けられているとは到底信じられず、ブルーの瞳を揺らしてぶんぶんと首を横に振る。だが、そんなことはお構いなしにアレンはライラの双丘に顔を寄せた。

ライラの胸は、横たわってもあまり形を変えずにつんと上を向いている。アレンは顔を寄せるとぷくりと膨らんだ桜色の頂《いただき》に舌で触れた。

「ああっ！」

熱い舌が触れた瞬間、胸だけではなく身体全体がビクンと反応する。

ライラの反応を楽しむように、アレンが濡《ぬ》れた舌でちろちろと先端を舐《な》める。舌でくるりと先端を絡《から》め取られ口に含まれると、蕩《とろ》けそうな心地になった。

ぼうっと熱に浮かされたみたいにアレンを見つめていたライラは、逆に妖《あや》しい目つきで彼から見下ろされていることに気づいて顔を赤らめた。

ライラの視線に気づいたアレンは、わざとゆっくり胸の頂を舐め始めた。赤い舌にいたぶられ見え隠れする桜色の頂は、唾液で濡れてぬらぬらと光っている。アレンは視線をライラに据《す》えたまま、舌全体で頂をべろりと舐め上げた。その間にも、彼はもう片方の胸に手を伸ばし、くにくにと先端を摘《つ》まみ上げる。

川の傍で気を失うほど翻弄《ほんろう》された記憶がありありと蘇《よみがえ》り、身体の奥からじゅくりと蜜が溢《あふ》れてきた。

「ん、あ、あぁぁ……ん、あ、ぁ」

甘い嬌声《きょうせい》を上げながら、ライラの腰が自然と揺れてくる。

「胸にしか触れていないのに……もう腰が動いているぞ」

掠れた声が耳元で聞こえ、ぞくりと身を震わせる。アレンは胸の頂に吸い付いたまま、手を下腹部へと伸ばしてきた。

彼にこれから与えられる刺激を待ちわびて、ライラの秘所はじんと熱くなる。

薄い繁《しげ》みを分け入り秘所に辿《たど》り着いた指が、たっぷりと濡れた割れ目をなぞった。ぐちゅりと淫《みだ》らな音が聞こえてきて、ライラはぎゅっと目を瞑《つぶ》った。

今のライラは、そこが快楽により濡れたとわかっている。こんな風になってしまう自分が恥ずかしくて泣きそうだった。

「目を開けろ、ライラ」

「や……は、恥ずかしくて……っ」

両腕を顔に当てて、イヤイヤと首を振る。すると、ふっとアレンが笑ったのがわかった。

「だったら、もっと恥ずかしいことをしてやろう」

これ以上の羞恥《しゅうち》とは、どんなことだというのだ。

アレンがライラの胸から離れて身体を起こしたのがわかり、ライラはそっと目を開けた。

アレンはゆっくりと触れるか触れないかの絶妙な距離でライラの身体を撫でつつ、徐々に身体を下腹部へと移動させていく。

そしてぐったりと力を抜いていたライラの脚を掴《つか》んだかと思うと、左右に大きく開いた。

「えっ？　い、いやっ！」

一瞬何をされたのか理解できなかったが、アレンに秘所をじっくりと見られているとわかって、ライラは慌《あわ》てて脚を閉じようとする。けれど、彼がそれを許してくれるはずもない。脚を掴んでいるアレンの手は、ライラの抵抗などものともしない。ライラがどれだけ身じろぎしても、アレンの手を外すことはできなかった。

「綺麗な色だ。蜜が溢《あふ》れて、月の光を浴びて光っているぞ」

面白そうに言われ、ライラは両手で顔を隠した。

「……見ないでくださいっ！」

それじゃなくても恥ずかしいのに、淫《みだ》らに濡《ぬ》れた秘所を晒《さら》すなんて耐えられない。涙を浮かべ激しく首を振るが、アレンは全く気にも留めない様子だ。

「もっと濡らしてほぐしておかねば、お前が辛くなる」

そう言ったかと思うと、あろうことか、秘所に顔を寄せ舌で触れてくる。

「きゃっ、あぁぁっ！」

熱い舌にぺろりと入り口を舐《な》められ、ライラは身体を震わせ声を上げた。

ライラの秘所を這《は》う舌は、ぐちゅりと水音を立てながら入り口を開いていく。さらに、溢れる蜜を音を立てて啜《すす》られた。

「ふぇ、や、あぁぁぁっ」

入り口を開いた舌は、そのまま狭い膣道の奥へと差し込まれる。ざらりと膣壁をなぞられ、腰のあたりがぞわぞわした。アレンは入り口を広げるように、中で舌を動かし始める。

「あ、あ、あん、ふあああぁっ」

アレンの舌の動きに反応して、ライラの口から情けないくらいに甘い声が出た。彼の舌が入り込んでいる秘所が、ひとりでにひくひくと蠢《うごめ》いてしまう。パニックを起こした頭で、ライラは必死に彼を押し戻そうと身をよじった。

「だめ、だめぇぇえっ」

「……なぜだ？」

くぐもった声が自分の下腹部から聞こえてきて、その事実に恥ずかしくてたまらなくなる。

「だめ、です……っ。き、汚い……っ」

川のほとりで触れられただけでも恥ずかしかったのに、舌で舐められ蜜を啜られるなんて。あまりのことに卒倒してしまいそうだ。

「汚くなんてない。綺麗で……甘い」

じゅるりとわざと音を立てて蜜を啜《すす》っていたアレンは、少し口を離すと秘所のすぐ上にある蕾《つぼみ》へと舌を伸ばした。蕾の周りを舌で優しくなぞり、軽く吸い付く。そして、秘所には自らの細く長い指をつぷりと一本突き立てた。

「え、あ、や、やあぁんっ！」

秘所に沈んだ指が、舌の動きに合わせて出入りを繰り返す。アレンの愛撫でそこは熱く潤《うる》んでいたが、たった一本の指とはいえ、自分の中に別の存在が入り込んでいく感覚に、ライラは無意識に下腹部に力を入れた。

「狭いな」

アレンはそう呟《つぶや》きながら、ゆっくりと何度も指を秘所に出入りさせる。そのうちライラの中から、指を受け入れている違和感が消えていった。

それに気づいたアレンは、中の指をもう一本増やしたが、ぐっしょり濡《ぬ》れ始めたそこは難なく受け入れてしまった。

「あ、あ、あああぁ……っ、や、あああっ！」

敏感な箇所を指と舌で同時に弄《いじ》られ、ライラは既に絶頂寸前だった。

秘所が蠢《うごめ》き出すのを指で感じたのか、アレンは今度はそれを三本に増やす。

「え、あ……っ、や、苦し、い……っ」

指がさらに増えた瞬間、ライラは圧迫感から一瞬身体を硬くした。

それを宥《なだ》めるようにアレンが蕾を舐《な》め回す。そうして別の快感の波に襲われたライラは、気づけば三本の指を咥《くわ》え込んであられもない声を上げていた。

「や、やあぁ……あああっ、だめ、だめえ!!」

そう叫んだかと思うと、ライラはガクガクと身体を震わせて秘所に入った指を締め付けた。いきなり襲った絶頂の波が引くのを待つこともなく、アレンが激しく蕾に貪《むさぼ》りつく。

「あ、や、やだっ、あ、あああああっ！」

敏感になっている身体にさらなる愛撫を与えられ、ライラは涙を滲《にじ》ませて声を上げる。

指が秘所を出入りするぐちゅぐちゅという激しい水音が部屋に響き、もうどうしていいかわからなくなった。

とめどなく与えられる快感の中で、身体の熱は冷めるどころかさらに熱くなっていく。そして、いつしかライラはもっと別の感覚を望んでいることに気づいてしまった。

彼が、もっと欲しい。

蜜を溢《あふ》れさせる、もっともっと奥の場所に——

アレンの全てが欲しくなり、ライラは無意識に彼へと手を伸ばした。それに気づいたアレンも、ライラの手を強く握ってくる。

手が触れた瞬間、ライラの胸が温かいもので満たされるのを感じた。そしてそれが特別な感情だとおぼろげながらも理解する。

——お前が俺と結ばれるべき存在だと確かめる方法がある。

ライラは、アレンに言われた言葉を思い出す。

彼が欲しいと望む気持ちが、そうなのだろうか。吸い付くようにぴたりと触れ合った手に、ライラはぎゅっと力を入れた。

散々ライラを乱し啼《な》かせたアレンが、ライラの身体から唇を離して身体を起こす。自らの唇の周りを舐《な》め上げる妖《あや》しい仕草に、目が離せない。

「アレン、様………」

背後から月の光を浴びた彼は、神々しいまでに美しい。アレンは一度、ライラと繋《つな》いでいた手を離すと、身につけていた服を全て脱ぎ捨てた。

ライラは現れた逞《たくま》しい身体に息を呑んだ。まるで彫像のように均整の取れた身体は、美しいとしか表現のしようがない。

どぎまぎして目を逸《そ》らすと、アレンがライラの身体に覆いかぶさってきた。

衣服越しではなく、直接身体が触れている。ライラよりも体温が高いのか、触れた肌はしっとりと温かくて、なんだか気持ちがよかった。

「ライラ」

柔らかく名前を呼ばれ、小さな唇に口付けをされる。ふいに甘えたくなったライラは、舌をちろりと覗《のぞ》かせた。すると、アレンは軽い笑みを浮かべながら自らの舌をねっとりと絡《かつ》め、強く吸い上げてきた。

段々と深くなるキスとともに、アレンがライラの身体を撫でる。その時、ライラは太腿に熱く硬いものが触れているのに気づいた。

なんだろう、とキスを交わしながら考える。その疑問が伝わったわけではないだろうが、深いキスを終えたアレンが身体を起こした。そして、力の抜けたライラの脚を抱え上げると、秘所にその熱いものを当ててくる。

「え……な、なに……?」

男女の秘め事に疎《うと》いライラにも、さすがにその行動の意味はわかる。

使用人たちの立ち話から、なんとなく恋人たちが夜に身体を寄せ合い身体を繋げるということは知っていた。漠然としたことしか知らなかったが、それでも今、アレンがライラと身体を繋げようとしているのは理解できる。

秘所にアレンの逞しい昂《たかぶ》りを当てられると、訳もなく胸がどきどきしてきた。

「これだけ熱く濡《ぬ》れているのだから、大丈夫だとは思うが……いれるぞ」

破瓜《はか》が痛みを伴うと、知らなかったのがよかったのかもしれない。

アレンを信頼しきっていたライラは、条件反射のように頷いていた。

しかし次の瞬間、熱い昂りが自分の秘所に侵入してこようとする痛みに、大きく目を見開いた。

「い、いたいっ……!」

無抵抗で力を抜いていたからか、既に半分くらい中へ埋《う》められている。だが、痛みを自覚した瞬間、秘所がきゅっと縮み上がり中のアレンを締め上げた。

アレンはうっと呻《うめ》いて苦しげに眉を寄せる。

「ライラ……身体の力を抜け」

アレンは身を屈《かが》めると、ライラの頬にそっと唇を付けた。そうやって彼が身体を動かす度に、繋《つな》がりを通して自分の身体に振動が伝わってくる。

「は……っ、や、どうし、たら……っ」

力を抜けと言われても、どうしたらいいのかわからない。涙を滲《にじ》ませながらアレンの身体に触れると、温かい肌に少しだけ気持ちが落ち着いていく気がした。

「もっと、お前の中に入りたい。お前の中に……俺の全部を埋めたい」

ライラの痛みを和《やわ》らげるためか、アレンは胸の膨らみへ手を伸ばし優しく触れてきた。胸を揉《も》み上げ、頂《いただき》を指で摘《つ》まむ。ゆっくりとした愛撫にライラは痛みと快楽を同時に味わい、熱でぼうっとしてきた。

見ればアレンの額には、びっしりと汗の粒が浮かんでいる。

お前の中に入りたい——その言葉を思い出し、身体の奥がじゅんと蕩《とろ》けていく。なぜかはわからないけれど、彼の全てを受け入れたいという気持ちでいっぱいになった。

「は、い」

知識のないライラが理解するまで、アレンは愛撫を重ねつつも辛抱強く待っていてくれる。

ライラが小さく頷くと、アレンは笑みを浮かべふーっと深い息を吐いた。

「いくぞ」

そう言ったかと思うと、アレンは一気に腰を進めた。

「あっ、あ、あああぁーっ！」

太く硬いものが無理やり膣壁を開いてくる。先ほどよりもさらに強い痛みがライラを襲い、力を抜こうにもただ身体を強張《こわば》らせることしかできない。

その間にも蜜の溢《あふ》れた秘所からはずぶずぶと音が聞こえ、アレンの昂《たかぶ》りはすっかりライラの中に埋《う》められていた。

激しい痛みを感じながらも、ライラの中には別の感覚が湧き上がってくる。

さっき、もっと奥に欲しいと思ったのは、こういうことだったのかと本能的に悟った。

アレンの昂りが、ライラの身体の奥深くまで突き刺さり、どくどくと脈打っている。その圧迫感は、痛みとは別の感覚をライラに与えた。

「ああ、すごい……、これは……っ」

ライラの身体にぴったりと腰をつけたまま、アレンは深い息を吐いた。ライラの最奥《さいおう》をなぞる昂りは、中でさらに大きさを増したようだ。ライラは知らず、はあっと大きく息を吐いた。

彼と繋がった喜びか、それとも別の理由か――

痛みとも快楽とも違う、不思議な力が身体の奥底から湧き起こってくるのを感じる。

「ライラ。これが……お前の力か……？」

アレンはライラと深く身体を繋げたまま、低く呻いた。ライラが感じている力を、彼もまた味わっているのだろうか。

困惑しながらアレンを見上げると、彼は何かを耐えるようにぐっと歯を食いしばっている。けれどそれは決して辛そうではなく、むしろ恍惚《こうこつ》とした表情に見えた。

「お前と繋《つな》がっていると……力が漲《みなぎ》ってくる。心の底から、満ち足りるようだ……」

アレンは薄く微笑むと、ライラに口付けをし、口内を貪《むさぼ》ってくる。

「ここまで、とはな」

途切れ途切れにそう言ったアレンが、腰を動かし始めた。太い先端が膣壁をなぞり、ぎりぎりまで引き抜かれたかと思うとまた全てを埋《う》められる。

「あ、や……っ、んんっ」

彼の昂《たかぶ》りが出入りする度、膣壁が擦《こす》られてぞくぞくした震えが走った。うっすらと目を開きアレンを見上げると、ライラの脚を広げ腰を打ち付けているのが見える。荒い息の音《ね》が、ライラの心をきゅっと締め付けた。

アレンの指がライラの胸に伸び、優しく輪郭をなぞってくる。彼の行動一つ一つに目を奪われ、それと同時に身体がどんどん潤《うる》んでいった。

最初こそ激しい痛みを伴っていた動きが、溢《あふ》れる蜜のせいか次第に滑《なめ》らかになっていく。繋がった部分からはぐちゅぐちゅと淫《みだ》らな音が響き、痛みに代わって甘い愉悦《ゆえつ》が襲ってきた。

「あ、あん、あぁっ……」

ライラの声が甘みを帯び出したことに、アレンはすぐに気づいたようだ。ライラの脚をさらに大きく開くと、より深く出入りを繰り返す。太く熱い昂りは、たっぷりと蜜が絡《から》まりぬらぬらと光っ

ているのが月明かりでもわかった。アレンは指を伸ばし溢《あふ》れた蜜を絡《から》めると、蕾《つぼみ》をなぞった。

「やっ、あああああっ！」

突然与えられた新たな快感に、ライラは背を反らせる。ごぽりと溢れた蜜が太腿を伝っていった。

無意識に秘所を締め上げたせいで、アレンが眉を寄せる。

「あ、あ、あ、だめえっ、また……きちゃうっ！」

先ほど襲ってきた快楽の波より、もっと深く大きな波が襲ってくるのがわかった。

さらに激しさを増し最奥《さいおう》をガンガンと攻めたてるアレンの昂《たかぶ》りも、大きく膨れ上がっているように思える。

身体を揺すられ快感で思考もあやふやになる中で、ライラは自分を見失いそうな不安に苛《さいな》まれた。何かに縋《すが》りたくて手を伸ばすと、その手をアレンがしっかりと捕まえ握ってくれる。指と指が絡まる感触に安堵して、ライラは解放されたかのように身体をふわりと快楽の波に委《ゆだ》ねていった。

「あああ……っ、アレン様、や、も、だめえっ！」

一瞬の硬直の後、ライラはガクガクと身体を揺らして大きく叫んだ。

秘所はアレンの昂りを切ないほどに締め上げ、さらに奥へと誘《いざな》うように蠢《うごめ》く。

アレンは何かに耐えるように歯を食いしばり、数回腰を打ち付けるとライラの中へと熱い精を放った。腹部のずっと奥に、じわりと熱いものが広がるのを感じる。

「ライラ……」

どさりとライラの身体の上に倒れ込んできたアレンに、ぎゅっと抱きしめられた。

はあはあと荒い息を吐きながら逞《たくま》しい腕に触れると、汗に濡《ぬ》れた硬い身体からは今まで知らなかった男の匂いがする。

私、何をしてしまったんだろう――

怒濤《どとう》のような展開に頭がついていかない。身体の熱が冷えていくと同時に不安が湧き上がってきて、ライラは目の前のアレンを見つめる。すると、ライラを見つめるエメラルドの瞳と目が合った。

優しいその輝きに安心すると同時に、ライラを眠気が襲う。

「アレン、様……」

とろんと眠そうな目を向けたライラの頭を、そっとアレンが撫でる。

「傍にいる。……ゆっくり休め」

その声に誘《いざな》われるように、ライラはすとんと眠りに落ちていった。

3　自信

瞼《まぶた》を開けたライラの目に映ったのは、ベッドを覆う滑《なめ》らかで真っ白なシーツだった。

今まで自分が使っていたシーツとは感触がまるで違う。うつ伏せに眠っていたライラは手を伸ばしてその上等な質感を味わいながら、徐々に意識を覚醒させていった。

喉がカラカラに乾いている。そっと身体を起こすと、ベッドのすぐ傍のテーブルに水差しと陶器のカップが置いてあった。一瞬迷った後、喉の乾きに負けて手を伸ばす。繊細な模様が描かれたカップに水を注《そそ》ぐと、それを一気に喉に流し込む。身体に冷たい水がしみわたっていくと同時に、記憶が少しずつ蘇《よみがえ》ってきた。

昨日は突然城に連れて来られたかと思うと月の姫と呼ばれ、寝室へと担《かつ》ぎ込まれて——そこから先を思い出し、たちまち顔が火照《ほて》ってくる。

男女の営みについてのライラの知識は、使用人たちがコソコソ話してるのを聞いたくらいしかなかった。恋とか、好きとか、ライラにはよくわからない。だからその先にある行為も、一生無縁だと思っていたのだ。

それなのに自分は、このサマルド国を治める若き太陽王に純潔を捧げてしまった——

その事実に顔を赤くし身悶《みもだ》えて寝返りを打とうとした瞬間、ずきりと下腹部に痛みが走った。その痛みとともに自分の下腹部へ深々と入れられた彼の猛々《たけだけ》しいものを思い出し、さらに身体が熱くなる。

囁《ささや》かれた言葉、触れる指、身体を這《は》う舌。

甘い記憶が怒涛《どとう》のように脳裏に蘇ってきて、呼吸が荒くなる。何よりも、自分を見つめるエメラルドの瞳に秘められた欲情の色を思い出し、胸がぎゅっと苦しくなった。

バクバクと激しく鼓動し始める胸を必死に抑えていると、寝室のドアがノックもなしに開いた。

「ライラ、起きているか」

顔を覗《のぞ》かせたのは、他でもないアレンその人だ。

慌《あわ》てて身体を起こしたライラは、そこで初めて自分が何も身に着けていないことに気づく。

「きゃっ……あの、待って」

急いで着ていたドレスを探そうと周りを探してみるが、ベッドの上にも下にも見当たらない。慌てふためいたライラがすっぽりと身体をシーツで覆うと、その様子を見てアレンが高らかに笑った。

「ドレスなら無いぞ。ひどく汚れてしまったからな」

優しく言いながらベッドの傍まで歩いてくると、静かにライラの隣に腰を下ろした。かぶったシーツから赤くなった顔だけ出したライラを見つめると、またくすりと小さく笑う。

「身体は辛くないか？」

大きくて骨ばった手が伸びてきて、ライラの頬をくるりと撫でた。その温かな感触に嬉しくなって、ライラは目を細める。

「大丈夫です」

確かに下腹部にじんとした痛みは残っているし、腰のあたりに鈍痛《どんつう》もある。けれどアレンと繋《つな》がった証《あかし》でもある痛みは、どこか甘さを伴っていた。

ライラは二人の交わりでアレンが見せた逞《たくま》しさと熱さを思い出し、さらに顔を赤くした。それを見たアレンがにやりと口角を上げる。頬を包んでいた手を少し離したかと思うと、長い指でライラの唇をなぞった。

「あ……」

昨夜の度重なる口付けのせいで、ライラの唇はぽってりと赤く色づいていた。アレンはすっと目を細めると、ライラへと顔を近づけ、半開きの唇に自らの唇を重ねる。

「んっ……ん……ふぁ……」

舌と舌を絡《から》め合えば、途端に昨夜のことが思い出され、痛いはずの秘所にじわりと熱が生まれる。舌を伝って口腔に流れこむ唾液を呑み込み、ライラは慣れないながらも必死に舌を合わせた。次第に頬は火照《ほて》り、身体の芯が潤《うる》んでくる。ライラの口から甘い声が漏《も》れそうになった瞬間、アレンの唇がすっと離れた。

「たった一日で、随分キスに慣れたようだな。このままお前を抱きたいところだが……長らく城を空けていたせいで政務がたまっていてな」

そう言ってもう一度、軽く触れるだけのキスをしたアレンは、ライラの髪をくしゃくしゃと撫でた。

「昨日の今日で、お前もまだ身体が辛いだろう。ゆっくり休みながら、この城に慣れていくといい」

ライラの頭を撫でてくれる人は、今まではザラだけだった。ザラの柔らかな手とは全く違った、大きくてゴツゴツと硬い手。けれど、その手が頭を撫でる感触はたまらなく優しく心地よい。

ライラがうっとりしていると、その手はすぐに離れた。

「侍女に着替えと食事を持ってこさせよう。夜にまた来る」

そう言ってアレンは寝室を出て行こうとする。だが、ドアの前で何かを思い出したようにくるりとこちらを振り返った。

「昨日話していたザラという者のことだが……朝一番で、領主の家へ早馬を出した」

「え……覚えていてくださったのですか！」

目を見張ったライラに、アレンは静かに笑った。

「約束しただろう。迎えに行かせると」

パタンとドアが閉まっても、ライラはベッドの上から動けなかった。

「覚えていて、くださったんだ……」

ザラを呼び寄せると話したのが、あの場限りの約束でなかったのが嬉しい。

彼に甘い言葉を囁《ささや》かれた時とは違う、じんわりとした温かいものが胸いっぱいに広がっていく。

今も自分が月の姫だとは信じられないが、それでも許されるのなら――アレンの傍で、もっと彼のことを知りたい。

アレンが撫でてくれた頭に手をやり、そっと自分で髪に触れる。彼に触れられたように撫でてみると、なんだかくすぐったく、さらに温かい気持ちになった。

「姫君様」

その時、コンコンと控えめなノックとともに、侍女の声が聞こえてきた。

「温かいお飲み物と、着替えをお持ちしました。中に入ってもよろしいですか？」

「は、はいっ！」

何も着ていない姿で迎えるのは恥ずかしいが、この場合どうしようもない。覚悟を決めつつ、ライラはシーツをかぶったまま侍女たちを迎えた。

＊　＊　＊　＊

「おお、意外と早く戻ってきましたね」

寝室のドアを閉めると、すぐ傍の壁にもたれかかったクレイグが驚いたように声をかけてきた。

「昨日の感じから、一回寝室に入ったが最後……今日は政務に戻らないかもしれないと思っていたのに」

「嘘つけ。だったらなぜここで待っていた？　……すぐに戻るとわかっていたから、待っていたんだろう？」

じろりと睨《にら》むと、クレイグはやられたと言った表情で首をすくめた。

「まあ、そうですけど。でも、もう数十分はかかるかなと思っていましたけどね」

「甘く見るな」

ふんと鼻で笑うと、アレンは長く重厚な廊下を歩き出した
先代国王の突然の死によって若くして王位に就いたアレンの地位は、決して盤石《ばんじゃく》ではない。

いつ誰に、足元をすくわれるかわからないのだ。

政務を疎《おろそ》かにするわけにはいかない。まして、月の姫を探すためにしばらく城を留守《るす》にしていたとなればなおさらである。

「俺たちが留守の間に、何か変わったことはあったか？」

執務室に入りどっかと椅子に座ったアレンは、机の上に山積みとなっている紙の束を手に取りながら言った。

「私たちがいない間は特に何もなかったようですが……むしろ帰国してからの方が、騒がしいですね」

「どういうことだ？」

怪訝《けげん》な顔でクレイグを見やると、彼はどこか嬉しそうな表情をしている。

「陛下の勘は正しかったということですよ。月の姫を連れて王都に戻ってすぐ、百年以上前から涸《か》れていた王宮の井戸から水が噴き出したそうです。それと、これはまだ未確認ですが日照りに悩んでいた郊外の地域に雨が降ったとか」

「たった一晩でか」

「ええ。これから、その類《たぐい》の情報はどんどん増えるかもしれませんね」

民の間には、月の姫というのがどういう存在であるかは知られていない。太陽の王と月の姫が結ばれし時、サマルド国に繁栄をもたらす——そんな子供に話して聞かせるおとぎ話のような存在として伝わっているだけだ。

けれど、王家に伝わる文書では違う。月の力は再生の力。その力を持っていて初めて、真の月の姫と言えるだろう。たかが髪を染めたくらいでは、決して王家の目は誤魔化せないのだ。

「辺境の街で奇跡と言われてたのと同じ力だ。やはり奇跡を起こしていたのはあの娘ということだな。それにあの娘が月の姫であることは、昨夜俺自身が確認済みだ」

クレイグは一瞬目を見張った後、ニヤニヤとアレンを見た。

「へえ……それじゃあ、文書に書かれていた通りで？」

「……ああ」

月の姫と結ばれし時、太陽の王は再生の力が得られる。

王自身が不思議な力を使えるようになるわけではなく、月の姫が持つ力を体内に取り込めるということらしい。半信半疑だったその伝承は、彼女の中に自らを沈めた時に確信できた。

長旅を終えた直後から政務に追われ、挙句《あげく》睡眠もほとんど取れていない。

それにもかかわらず、アレンの身体には不思議なほど力が漲《みなぎ》っていた。

「それに関しては、ちょっと私はまだ半信半疑ですがね。なんせ自分では試してみることができない」

「当たり前だ。お前にライラを抱かせるものか」

むっとして声を荒《あら》らげると、クレイグはおやと言った様子で眉を上げた。

「ライラ……それが彼女の名前ですか？」

「だったらなんだ」

昨夜、自分は月の姫じゃないと言って教えられた名前だ。自分に極端に自信のない彼女は、月の姫と呼ばれることに戸惑い、むしろ抵抗を感じているようだった。

けれど蝋燭《ろうそく》だけが灯《とも》る暗い部屋の中で、困った表情で自分の名を告げてきたライラの顔を思い出すと、他の男にその名を軽々しく呼ばせるのはなんとなく面白くない。

「もしかして、彼女の名前を呼ぶのは俺だけだとか、そんな心の狭いことを考えてるわけじゃないですよね？」

にっこりと笑顔で図星を指され、アレンはぐっと言葉に詰まった。

臣下とはいえ元々クレイグの方が年上で、幼なじみとして育った間柄だ。こうしてからかわれることはしょっちゅうだった。アレンはむっと唇を一文字に結ぶ。

「まあ、その気持ちはわからないでもないですが、現在彼女を呼ぶ名は他にありません。むしろ、昨日の様子では姫君と呼ばれるほうが戸惑うんじゃないですか？」

ニヤニヤしながら言われて面白くなかったが、クレイグの言うことは正しい。だが、少し引っかかった。

「わからないでも……ないのか？」

可愛らしいあの娘の名前を、他の男が呼ぶのはなんとなく不愉快。そんなのは子供じみた考えだと思っていたから、わかると言われて少々驚いた。

「そりゃもちろん。私だって、妻と正式に結婚するまでは、他の男から彼女の全てを隠してしまいたいと思ったもんです」

クレイグには、一目惚れをして猛アタックの末、手に入れた妻がいる。城下に出かけた時に偶然見かけたパン屋の娘で、クレイグとの身分差を気にしてなかなか思いを受け入れてくれなかった彼女のために、自らの地位を捨てようとまでした経緯があった。

『私、明日からパン屋になります』

しれっとした顔のクレイグにそう告げられた時に、どれほど驚いたかわからない。クレイグがいなくなれば、この城にアレンが無条件で信頼できる者はいなくなる。あの時彼を引き留めるために、アレンがどれだけ苦労させられたことか。

「お前は……幸せそうでいいな」

軽くため息をついたアレンに、クレイグは意味ありげに口角を上げた。

「そのため息。まさに恋、ですねえ……」

「何か言ったか？」

「いえ何も。それでは私も仕事がたまっておりますので失礼。無理やり遠くに連れて行かれた分、今日は早く帰らせてもらいますからね」

当然のように言い放ちアレンに背を向けたクレイグだったが、何かを思い出したみたいに振り返った。

「ブルーノとかいうあの領主の処遇は、どういたしますか?」

嫌なことを思い出し、アレンは顔をしかめた。

「このまま、というわけにはいかないからな。証拠は乏《とぼ》しいが、王家を謀《たばか》り偽の月の姫を差し出そうとしたのだ」

けれど、本当に捨てられていたライラを拾い保護したというのなら、その罪を少しは軽くしてやってもいいかもしれない。

「気にされているのは、ライラ様を保護されたことについてでしょう。ザラという侍女を迎えにいくついでに、その辺りのことも調査してくるように使者には伝えてあります。まあ、それでも全くの無罪というわけにはいかないでしょうが」

「抜かりないな」

「当然です」

今度こそ背を向けスタスタと立ち去るクレイグを、アレンは苦笑いしながら見送った。

＊　＊　＊　＊　＊

王が月の姫を連れ帰ったという噂は、瞬《また》く間に王都を駆け巡《めぐ》った。いよいよ本当の月の姫が現れたと城下はお祝いムードに沸き、噂を聞きつけた貴族たちは我先にと贈り物を携《たずさ》え城に挨拶へ詰め駆けるようになった。

これでサマルド国の繁栄は間違いないと、誰もが手を取り明るい顔をしていた。

そんな中、ライラのもとへドレスをあつらえるために仕立て屋がやって来た。さらに、そのドレスに合わせたアクセサリーを揃えるための宝石商までも訪れる。

「え、あの……これは一体？」

「どんなに急いでも、生地《きじ》から仕立てたのでは二週間はかかってしまいます。ひとまずうちにあったものをお持ちしました。当座はこちらのサイズをお直ししたものをお召しいただき、その間に急いで仕立てさせていただければと」

そう言って仕立て屋は、ドンと大きな荷物を解きドレスを取り出し始めた。

ライラが王都に来てからまだ一週間も経っていない。ゆっくり城に慣れていくようにと言われ、とりあえず侍女と話をしてみたり城の中を少しだけ歩いてみたりと、穏やかな日々を過ごしていた。

突然クレイグとともに部屋に入ってきた仕立て屋と宝石商に、思わず尻ごみをする。

「アレン様の申し付けでしてね。とりあえず、急を凌《しの》ぐものを十着ほど合わせた後はライラ様のサイズで仕立てるドレスが、ええと……どれくらいいるかな」

クレイグの言葉に、仕立て屋はほくほくとした顔で豪奢《ごうしゃ》なドレスを次々と広げていく。

手に取らなくてもわかるくらい、目の前のドレスは上質な生地やレースを使った高価なものばかりだ。ライラはぶんぶんと首を振りながら後ずさる。

「む、無理です……っ。こんな素敵なドレス、私なんかが着られるわけありません」

見ているだけでもため息が出そうなドレスに、袖を通せと言われて眩暈《めまい》がしてくる。

「まあ、そんなことありませんわ。ほら、この水色のドレスなんてどうでしょう？」

侍女がドレスのひとつを手に取りライラの胸元へと当てる。仕立て屋、クレイグ、そして侍女たちの視線が一斉に集まり、ライラは顔を真っ赤にした。

「ええ、お似合いになりますね。でも、できればもっと色は薄い方がいいかもしれません。胸の開きも控えめに。……やはり急ぎライラ様だけのドレスを仕立てていただく必要があります」

クレイグはそう言うと、次々とドレスを選び始めた。ライラは呆気にとられ人形のように立ち尽くすしかない。

一体なにが、どうなっているのだろう。

目を白黒させながら事態を見守っていると、突然扉が開きアレンが中に入ってきた。

「陛下、政務は終わったのですか？」

クレイグがじろりと冷たい視線をアレンに向けたが、本人はそれには答えずまっすぐライラのもとまで歩いてくる。

「どうだ？　気に入ったものはあったか？」

「あの……これは、どういうことでしょう……」

さすがにこの城で使用人のような簡素な服を着られないのはわかっているが、それでも既に与えられたドレスだけでも充分すぎるほどだった。ライラが城に来た次の日にはクローゼットから溢《あふ》れかえりそうなほど揃えられ、不自由なことは何もない。

ここに来てからというもの、いたれり尽くせりの日々を送っている。このうえさらにドレスを用意してもらうなんて、申し訳ない。

「あの、用意していただいたドレスでもう充分です。こちらのドレスは、どれもとっても素敵ですが、これ以上用意していただくのは、申し訳なくて……」

彼に不快な思いはさせたくないので控え目にそう伝えると、アレンは困った顔でライラを見下ろした。

「言いづらいのでしたら、私が代わりにお伝えしましょうかー？」

そう横から口を挟んできたクレイグに首を振り、アレンが口を開いた。

「ゆっくりこの城に慣れていけばいいと思っていたのだが、そうも言っていられなくなった」

「え？」

「王都は今、陛下が月の娘を連れ帰ったという噂でもちきりなのですよ。噂を聞きつけた貴族たちが、毎日列をなしてお祝いに城を訪れる始末でね。正式なお披露目はまだだとしても、一度貴族たちの前にライラ様をお連れする必要があるんです」

一瞬ぽかんとした後、ライラはさっと青ざめた。

数日前まで使用人として下働きをしていた自分が、そんな身分の高い方々の前に出られるはずがない。

ブルーノの屋敷にいる時でさえ、大事なお客様が来る時には粗相《そそう》をするといけないと言われて地下室に閉じこめられていたくらいなのだ。

「老い先の短い連中は、気が短くてだめだな。ちょうど来週、パディル公爵の誕生会がある。そこにお前を連れて行くことにした。パディル公爵は俺の遠縁にあたり、人当たりもいい。誕生会なら、そんなに堅苦しくもならないからな。お前のお披露目には最適だろう」

「大丈夫ですよ。陛下と一緒にお客様の前に出られた後は、すぐにお戻りになっていただいてかまいません。むしろ、ちょっとだけ姿を見せて引っ込む方が、より神秘的な印象も……」

ライラはふるふると震えだした。無理だ。あまりのことに泣きそうになりながら二人の顔を見るが、止めてくれる気配は全くない。

「ライラ様。あなたがご自分のことをどう思っておられるかはわかりませんが……これは必ず通らねばならない道なのです。あなたはいずれ、この国の王妃となられるお方なのですから」

いつの間にか仕立て屋も侍女たちも姿を消し、部屋にはアレンとクレイグしかいなかった。

嘘を言っている様子のない二人に見つめられて　ライラは驚いて目を丸くする。

「王妃？　わ、わたしが⁉　そんなこと、ありえません！」

ぶんぶんと激しく首を振るライラを見て、クレイグが呆れ顔でアレンを見た。

「あれ、やることやっときながら、ちゃんと伝えてなかったんですか」

「お前……そんな直接的な言い方はやめろ」

渋い顔でクレイグを諌《いさ》めながらも、アレンはどことなくばつが悪そうだ。

「ライラ様は、今回ブルーノとかいう領主のもとへ私たちが訪れた理由をご存じですか？」

クレイグが、ライラに向かって口を開いた。戸惑いながらも、小さく頷く。

「あの……月の姫であるマーガレット様を迎えに来られるためだと」

「ええ、その通りです。それではそのマーガレット様とやらは、アレン様のことをなんと言っていましたか？」

「え？　ええと……未来の夫になる方、と……」

マーガレットの言葉をそのまま口に出してから、ライラはハッとした。

ライラが月の姫としてこの城に連れて来られたということは、将来的に王妃になることを意味していたのか？

「そ、そんなわけ……え、本当に？」

驚いてアレンを見上げると、アレンは深く頷いた。

「最初からそのつもりで、お前をここに連れてきた。ライラ、俺の伴侶はお前だ」

雷に打たれたような衝撃で、ライラはぽかんと口を開けた。それを横目に見ながら、クレイグがやれやれと額に手を当てる。

「本当に何も話していなかったんですね……プロポーズとしては最悪ですが、状況的に仕方ありません」

アレンの表情は変わらなかったが、その頬がうっすらと赤い。けれども今のライラにそれに気づく余裕はなかった。

月の姫と言われていることさえ受け入れきれていないのに、さらに未来の王妃と言われて素直に納得できるはずもない。言葉を失い呆然としているライラを、アレンがまっすぐに見つめて言った。

「この世に俺の伴侶はお前だけだ。……出席してくれるな？」

緑色の瞳に顔を覗《のぞ》き込まれ、うっと言葉に詰まる。元々肖像画の彼に淡い想いを抱き、一目だけでもお見かけしたいと切に願っていた身だ。そこまで言ってもらって、断れるわけがなかった。

「………わかりました」

力なく頷くと、アレンはパッと顔を輝かせた。

「お喜びくださいライラ様。陛下が女性同伴で社交界に出られるのは、初めてのことですよ」

クレイグの言葉に顔をしかめつつも、アレンが身を屈《かが》めてライラの耳元で囁《ささや》く。

「そして、お前が最後だ」

嬉しいはずの甘い言葉も、今はライラの耳には全く入ってこなかった。


そして数日後。ライラは急遽《きゅうきょ》サイズを直した豪奢《ごうしゃ》なドレスに身を包み、緊張した表情でアレンと共に馬車に乗っていた。初めて着けたコルセットが、華奢《きゃしゃ》な身体をさらにぎゅうぎゅうと締め付ける。このまま倒れてしまいそうなほど息苦しい。

「あの……本当に、行かなければならないのですか？」

隣を見上げて、弱々しく口に出す。

「ああ」

アレンはちらりとライラを見下ろしてそう言うと、ライラの腰に手を回し抱き寄せた。

「俺の王妃となるのがお前である以上、必ず通らねばならない道だ。諦めて腹をくってくれ」

耳元でそう囁《ささや》かれ、ライラは俯《うつむ》いた。

ライラだって、できるなら彼の傍にいたい。けれど未だに、自分は月の姫だという確信を持てずにいる。

「私は……」

「月の姫じゃない、はもう聞き飽《あ》きたぞ。それなら、未来の王妃として紹介される方がいいか？」

いたずらっぽく言われ、ライラはふるふると首を振った。それこそ恐れ多い。

腹をくくれと言われても、ライラにはどうしていいかわからなかった。ただ緊張で冷たくなった指先を労《いたわ》るようにアレンが握っていてくれるので、少しだけ気持ちが落ち着く。

やがて馬車は、大きなお屋敷の前で緩《ゆる》やかに止まった。

「着いたぞ」

「は、はい」

ライラはごくりと唾を呑み込むと、震える手をアレンの腕に添えた。

出迎えの人々に迎えられてアレンとライラはゆっくりと大広間へ歩いて行く。

国王であるアレンは主賓であることに加えて、今日は噂の月の姫を同伴している。そのこともあり、二人の姿を一目見ようと大広間の入り口には人々がひしめき合い、到着を今か今かと待ちかねていた。

アレンが大広間に一歩踏み出すと、さっと人々の間が開いて道ができる。たくさんの人々に注目されながら、ライラは内心の緊張を押し隠し、自分をエスコートしてくれるアレンに身を任せた。

アレンはまっすぐ一人の男性に近づいていった。

今日はパディル公爵の誕生を祝う舞踏会だと聞いていたので、おそらくこの男性がパディル公爵だろう。

「遅れたか？」

「いえいえ陛下、お忙しい中ご出席いただき、誠にありがとうございます」

白いひげをたくわえた年配の男性が、アレンに恭《うやうや》しくお辞儀をする。

「父と親交の深かったパディル公爵の誕生会とあれば、出席するのは当然のことだ。おめでとう」

「いやはや、こんな老いぼれともなれば、そうめでたいわけでもないですがね」

二人が和《なご》やかに談笑する中、ライラは細かに震えながらアレンの肘に手をかけていた。

ざわめく会場の視線はアレンというよりライラに向けられていて、否《いや》が応《おう》にも緊張が高まる。なるべく視線を上げていろとアレンに言われてはいたが、それがどれだけ難しいことなのかを思い知らされた。

公爵の視線がさりげなく自分に向けられたのを感じ、ライラはぐっと背筋に力を入れる。

「ただいま王都は、陛下が連れ帰ったという女性の噂で持ち切りでございます。もしや隣にいる方がその……」

「ああ。『月の姫』だ」

アレンがきっぱりと言い切ると同時に、取り巻いていた人々の間にどよめきが走った。興味本位の突き刺さるようなたくさんの眼差しに、胃の辺りがキリキリと痛む。

「なんと……私が生きている間に、月の姫にお会いできるとは思ってもいませんでした。美しい姫君、お目にかかれて光栄です。本日は来てくださってありがとう」

公爵は優しげに笑うと、ライラの手を取りその甲に軽く唇をつけた。こんな立派な方からそんなことをされて、思わずライラは頬を紅潮させる。

「あっ、あの……」

何か話さなければと、慌《あわ》てるライラの腰を、アレンがぐいっと引き寄せた。

「……いくら公爵と言えども、彼女に軽々しく触れるのはやめてもらいたいな」

「なんと。この程度で焼きもちとは、陛下もお若いですなぁ」

公爵はふぉっふぉっと可笑《おか》しそうに笑った。その優しそうな笑みにライラの緊張が少しだけ緩《ゆる》む。

ふーっと小さく息を吐くとおずおずと言葉を紡《つむ》いだ。

「お、お誕生日……おめでとうございます」

「美しい姫よ、お名前は？」

「ラ、ライラと申します」

「ライラ様、素敵なお名前だ」

公爵はにっこりとライラに微笑みかけると、二人に向かって深く頭を下げた。

「それでは陛下、月の姫君。お二人のお席を用意しておりますので、ゆっくりとお過ごしください」

公爵が早めに話をたたんでくれたのがわかり、ライラは心の底から感謝する。席へ案内されながら、ライラは侍女に渡されていた扇《おうぎ》をゆっくりと広げた。そうでもしないと、震える口元を皆の前に晒《さら》してしまいそうだった。

想像以上の人数と注目度合に、脚がガクガクと震えてくる。それを悟ったのか、アレンがさらにしっかりとライラの腰を支えてくれた。

今この場でライラが倒れてしまえば、どれほどの恥をアレンにかかせてしまうかわからない。彼のためにも、ここでライラが倒れるようなことはできなかった。

アレンに支えられて、ゆっくり人の溢《あふ》れる大広間を横切る。

「大丈夫か？　何か飲み物でも……」

アレンはライラを気遣い小さな声で言ったが、ライラは首を振った。極度の緊張で手は震えていて、グラスを持てば落としてしまいそうだ。

アレンとライラのために用意されていた席の傍《かたわ》らには、軽食がずらりと並んでいる。

「今日は黙ってアレン様の傍にいるだけで、ライラ様の役目は充分です」

食事の作法を知らないライラに、クレイグが言ってくれた言葉を思い出す。だが、美味《おい》しそうな食事を見ても、今のライラはそれに手を出す気にはなれなかった。

アレンの隣に座るライラの様子を見ながら、人々が囁《ささや》き合う声が聞こえてくる。

「まあ、なんて可憐で美しい……髪の色も見事な白銀だわ」

「肌が透き通るように白い。まさに月の輝きのようだな」

今まで生きてきて、初対面の人間からそんな風に外見を褒《ほ》められたことはなかった。だが、お世辞すら言われた経験のないライラには、聞こえてくる賛美の声も嬉しいものではない。

ほんの少し前までみすぼらしい使用人だったライラを、美しいと称する人は誰もいなかった。ドレスも装飾品も何もなく、銀色の髪ですらなかったライラを、美しいと言ってくれたのはアレンだけだ。

「陛下が『月の姫』を得たのなら、これからのサマルド国は安泰ですな」

ひげをたっぷりと口元にたくわえた男性が嬉しそうに言い、その場に集《つど》う人々が頷き合う。その姿を見て、ライラの心はさらに冷えていった。

自分が月の姫だなんて、これっぽっちも自信がない。なのに、人々はライラを月の姫だと称《たた》え、この国の繁栄を信じて疑わないのだ。

背中に、冷汗が一筋伝う。この場の人々がライラに寄せる期待が、恐ろしかった。

真っ青な顔をしているライラに、アレンがちらりと目を向けた。公爵への挨拶も済ませ貴族たちの目にも触れたのだから、今日はこれでライラの役目は終わりなのだろう。

少し離れた位置に控えていたクレイグが、アレンの目配せに気づき傍に来る。

「クレイグ、頼んだぞ」

「かしこまりました。ライラ様、参りましょう」

アレンは、何事かとこちらに近づいてきた公爵に向かって口を開いた。

「すまないな。私の姫はまだ城に来て日が浅く、体調が思わしくなくてな。先に帰らせる」

「おお、それは大変です。姫君、またお会いできるのを楽しみしております」

ライラはなんとか笑みを浮かべ頭を下げると、クレイグに支えられ広間を出た。よろめかないようにと必死で足をふんばるライラの背後で再び人々が何か囁《ささや》き合っていたが、それが意味を持ってライラの耳に届くことはなかった。

「よくがんばりましたね」

馬車に乗り込み扉を閉めると、クレイグが笑顔で言った。

「これで……よかったんでしょうか？　ただ椅子に座っていただけですが」

「ええ。最初のお披露目としては十分です」

ライラは座席に身を沈め、ほーっと長い息を吐いた。ようやくきちんと呼吸ができた気がする。

「まあ、次第に慣れますよ。あの場所がこれからのあなたの位置なのですから、慣れていただかなくてはいけませんね」

さらりと言われた言葉を噛み締める。ライラを月の姫だと信じて疑わないアレンとは違い、クレイグはまだこちらの様子を窺《うかが》っているように思う時がある。使用人として、人の顔色を気にして生活していたせいか、そういう類《たぐい》の雰囲気には敏感になったのだ。

しかし、それも当然だと思う。むしろライラにしてみれば、アレンの揺るぎない自信と信頼の方が不思議でならなかった。それでも——

「がんばります」

小さな声で、けれどしっかりと口にしたライラを見つめ、クレイグがにっこりと笑った。

「その意気です」

自信はないが、彼の傍で生きていきたいのならライラは慣れるしかなかった。

城に戻ると侍女に湯浴みを手伝ってもらい、ライラは自分にあてがわれた部屋へと戻った。

足が、まだ震えている——

貴族たちの集《つど》う華やかな世界は、緊張しすぎてほとんど記憶に残っていない。ただ、ライラを見つめ囁《ささや》き合う人々を思い出すと、また身体が震えてくる。あんなたくさんの人々に注目されても平然としているアレンは、やはりライラとは住む世界が違うのだと実感した。

アレンが自分を王妃にと望んでくれるのなら、そうなりたい。けれども自分に王妃が務まるのだろうか。

(本当に私にそれが、できるんだろうか……)

長椅子に横になりながら色々と考えているうちに、いつしかライラはウトウトしてしまっていた。

コンコンとノックをする音が聞こえ、ハッと目を覚ます。返事をする前にドアが開きアレンが顔を覗《のぞ》かせた。

「アレン様!?」

慌《あわ》てて立ち上がろうとしたら、身体がふらついた。そんなライラを見て、アレンが駆け寄ってくる。

「大丈夫か?」

「は、はい、平気です。……アレン様、もうお戻りになったのですか?」

社交の場は夜遅くまで続くとクレイグより聞かされていた。もしかして自分は、そんなに長く長椅子で眠りこけていたのだろうか。

「お前の様子が気になって、早めに帰ってきた」

「そんな、それでは他の皆様に……」

ライラがアレンの袖をきゅっと掴《つか》む。すると、アレンは安心させるようにライラの頭を軽く撫でた。

「問題ない。貴族連中は噂の『月の姫』を見たかっただけだからな。今頃は噂話で盛り上がってるだろうよ」

どこかいたずらっ子のような笑みを浮かべながら、アレンが言った。その顔を見て、胸がきゅっと苦しくなる。

「皆様……がっかりされたのではないでしょうか」

アレンがライラを月の姫だと信じ、傍に置いてくれるのは嬉しい。けれどライラは未だに本当に自分が月の姫なのか疑問に思ってしまうのだ。

彼に愛され、隣にいる時間が長くなっていくほどに、不安はどんどん膨らんでいく。

もしアレンの信頼を失ってしまったら、自分が月の姫ではなかったら——それを考えると、背筋が凍り付きそうなほど怖くなるのだ。

「ライラ、もっと自信を持て」

アレンはそう言うと、ふわりとライラを抱きしめた。

「お前は、自分で自分の力に気づいていないだけだ。俺は今まで、自称『月の姫』に何人も出会ってきたが、月の姫だと感じたのはお前だけだ。理由はその髪色だけじゃない」

心を見透《みす》かされたようで、思わず身体を硬くする。

「あの領主の街には不思議な現象がいくつも起こっていた。万能の薬草と言われる白銀花《はくぎんか》が咲くようになったのも、ちょうどお前が拾われた頃からだ」

「でも、皆がそれはマーガレット様のお力だと……」

「どうだろうな。だが、今後あの花があの地で育つことはないと俺は確信している」

きっぱり言い切ると、アレンは身体を離してライラの顔を覗《のぞ》き込んだ。

「お前の周りにも、理屈で説明できないようなことがあったのではないか？　たとえばこの美しい身体を、我が物にしようとする輩《やから》もいただろう」

確かにブルーノや使用人の男たちに、何度も身体を触られそうになった。だがその度に不思議な力が湧いてきて、男たちの身体をはねのけてしまったのだ。

いつしかライラは「気味の悪い子供」と陰口を叩かれるようになり、使用人たちからは距離を置かれるようになっていた。

ライラがポツポツと今までのことを話すと、次第にアレンの表情が曇っていく。面白くない話を聞かせてしまったことを詫《わ》びようと思った次の瞬間、ライラの身体は痛いくらいに抱きしめられていた。

「すまない。もっと早く……お前を見つけてやればよかったな」

「そんな、アレン様が謝ることではありません！」

逞《たくま》しい身体に抱きすくめられ、ライラは目を白黒させながらそう言った。

しばらくじっとライラの身体を抱きしめていたアレンは、身体を離すとライラの頬に手を当て軽く口付けてきた。

「お前のこの身体は……俺に会うために月の力によって守られてきたのだな。俺は信心深い方ではないが、今回ばかりはお前にこうして無事出会えた奇跡に感謝する」

ライラの頬に添えられた手が、ゆっくりと動き顔を包み込む。

「よく今まで、無事でいてくれたな。もしライラが何かひどい目に遭っていたら……俺は、自分が許せなかっただろう。当然、お前に手を出した男たちもだ」

これまでザラ以外に、ライラを心配してくれる人はいなかった。自分を見つめるアレンの愛おしげな眼差しに、なぜかライラの目にじわりと涙が浮かんでくる。

こんなことで泣いては、彼を心配させてしまう。

ライラはぐっと涙を堪《こら》えると、アレンに笑って見せた。

「でも……アレン様は、私を見つけてくださいました。こうしてお傍にいられることは、私にとって最大の幸せです」

「ライラ」

アレンの唇が瞼《まぶた》に落ち、そのまま頬を滑りライラの唇に辿《たど》り着く。ついばむようなキスを数回繰り返した後、重なりは一気に深くなった。

「アレン、様……」

甘く深いキスを何度か重ねた後、アレンはライラの手を引きベッドへと歩き出した。とさりとベッドに身を倒したライラに、すぐさまアレンが覆いかぶさってくる。

「……疲れているだろうが、どうしても今すぐにお前を抱きたい」

掠《かす》れた声で囁《ささや》かれ、ライラは頬を染めながら無言で頷いた。

口付けを交わしながら、あっという間にライラのドレスが脱がされていく。蝋燭《ろうそく》があちこちに灯《とも》されたままの明るい部屋で裸を晒《さら》すのは恥ずかしかったが、その火を消しに行く余裕はもうなかった。

「ライラ……」

熱に浮かされたように、アレンが何度もライラの名前を呼ぶ。それに応えようとしても、ライラの口からはひっきりなしに嬌声《きょうせい》が漏《も》れた。

「はぁ、あ、ああああっ、ん、アレン、様……ぁっ」

アレンがライラの豊かな胸に手を伸ばし、揉《も》みしだきながら頂《いただき》に吸い付く。舌で転がし軽く歯を立てられ、ライラはその都度《つど》背中をしならせアレンの頭を抱きしめた。

「あ、あああっ、アレン様……」

柔らかく長い金色の髪に指を通し、彼の頭をそっと撫でる。気持ちよさそうに目を細めたアレンは、赤子のように強く胸に吸い付いた。

どうしてだか、今日は早く彼と繋《つな》がりたくてたまらず、ライラは無意識にアレンに身体を押し付けていた。

彼の下腹部でもまた、硬く張りつめた熱情がくっきりとその形を露《あら》わにしている。熱く滾《たぎ》った昂《たかぶ》りを太腿に感じ、ライラは頬を染めアレンを見上げた。

口付けを交わしている時から、ライラの秘所も既に潤《うる》み始めている。

「アレン様……」

「お前に触れていると、我慢ができなくなる……」

アレンはそう言うと、ライラの秘所へと手を伸ばした。繁《しげ》みを分け入り指で触れた途端、熱い蜜が脚を伝って流れ出す。

「ああ、お前もこんなに濡《ぬ》らして」

にやりと口元を歪《ゆが》めながら言われ、ライラは恥ずかしさで顔を横に背《そむ》けた。アレンはそんなライラの頬にキスをすると、舌で耳を舐《な》め上げる。

「ふぁ、や、あぁ……んっ！」

指が秘所をゆっくりと往復し、その度に卑猥《ひわい》な水音が響く。同時にアレンの舌がライラの耳穴に差し込まれ、ぴちゃぴちゃという艶《なま》めかしい音に耳を犯される。

自分の蜜が立てる音なのか、それとも彼の舌が舐め上げる音なのか、もうライラにはわからない。快楽の波に溺《おぼ》れていきながら、ライラはアレンの腕を必死に掴《つか》んだ。

「あ、ふぁ……あ、あぁ……ん、んっ！」

彼の舌と指でもたらされる愛撫が、気持ちよすぎておかしくなりそうだった。これ以上愛撫に翻《ほん》弄《ろう》されるよりも、早く彼の存在そのものを受け入れたかった。

「アレン様、んっ、は、やく……」

自然と、その先を強請《ねだ》る言葉がライラの口をついて出る。アレンは一瞬驚いた顔を見せたが、すぐに蕩《とろ》けそうなほど甘い笑みを浮かべた。

「もう待てないのか？　仕方ないな」

そう言って軽くライラにキスをすると、アレンは手早く自身の衣服を脱ぎ捨てる。腹部に届きそうなほど反り返ったアレンの昂《たかぶ》りを、ライラはぼんやりと見つめた。初めての時は恐ろしくさえ見えた彼のものを、今は愛しいと思う。

アレンは身体を起こしライラの脚を掴《つか》むと、大きく広げた。その中心に自身を添えて何度か往復させると、ずぶりと先端をライラの中に沈めていく。

「ああああぁん……っ！」

たまらず大きな声を漏《も》らしたライラに、アレンがぴたりと腰を押しつける。深く埋《う》められたアレンの昂りが、ライラの中でびくびくと跳ねた。最奥《さいおう》を刺激され、ライラは声にならない息を吐く。

「はっ……あ、あああ……」

何度も呼吸を繰り返し全てを受け入れようとするライラに、アレンは身を屈《かが》めて口付けを落とす。キスに応え舌を絡《から》ませているうちに、ゆっくりとアレンの腰が動き出した。

じゅくじゅくと音を立てながら出入りを繰り返す昂りが、膣壁を擦《こす》りライラの快感を生み出していく。一層深く差し込まれぐるりと腰を回され、ライラは今までとは違う感覚にたまらず声を上げた。

「あっ、あっあぁんっ！」

アレンの腰の動きに合わせ、ライラは淫《みだ》らな声を上げ続ける。いつの間にか恥ずかしさよりも快感が上回っていた。

「ああ、ライラ……っ」

アレンもまた、艶《つや》めいた息を吐きながらライラの身体を貪《むさぼ》った。細い腰を掴み何度も激しく腰を打ち付け、ライラを一気に快感の極みへと導こうとしていた。

「アレン様、あああっ、もう……っ」

はぁはぁと荒い息を吐きながら、ライラはそう訴えた。秘所の奥がきゅうっと締まり始めていて、達してしまうのは時間の問題だった。

アレンは無言で頷くと、徐々に腰を打ち付ける速さを上げていく。その動きに、ライラは一気に絶頂へと追い上げられていった。ライラの秘所がひくひくと蠢《うごめ》き、アレンは何かを耐えるように眉を寄せる。

「ああっ、あっ、ん、んんんんっ!!」

肌を打つ音が激しくなり、ライラはびくんと背中をしならせて達した。

「や、あああぁぁ……っ!!」

嬌声《きょうせい》を上げ秘所を収縮させると、ライラの中でアレンのものが一層硬さを増す。絶頂を迎え全身を震わせるライラを見下ろし深く息を吐いたかと思うと、アレンは一気に最奥《さいおう》まで突き入れた。

「くっ……はぁっ、ライラ……！」

どくどくと何度も跳ねながら、アレンの昂《たかぶ》りがライラの中に熱い精を吐き出していく。アレンは忙《せわ》しない息を吐きつつ数回腰を打ち付け、全ての精を出し尽くした。

そうして、アレンは繋《つな》がりを解かぬままどさりとライラの上に覆いかぶさってくる。

アレンの荒い呼吸が、すぐ傍から聞こえて、絶頂の余韻でぼんやりとしていたライラは、無意識に彼の頭へと手を伸ばした。

「ライラ」

自分の頭に触れる感触に気づいたのか、アレンは顔を横に向けてライラを見つめてくる。そして、ライラを抱きしめ同じように髪を撫でてきた。

強く逞《たくま》しい太陽王と言われている人が、こんなにも優しくライラの頭を撫でてくれる。ライラは胸をいっぱいにして、そっと目を瞑《つぶ》った。

(私が……本当に、月の姫なら)

この手を離さず、一生添い遂げることができるのだろうか。当たり前のように彼の温もりを欲し、いつでもこの手を取ることが許されるのだろうか。

ライラは、そっと逞しい胸に顔を寄せた。

自分に特別な力があると思ったことなど一度もないし、月の姫だと言われてもやっぱりピンとはこない。それでも、初めてアレンの肖像画を見た時の胸の高鳴りや、彼のエメラルドの瞳を見た時の激しい衝動は忘れられない。

「アレン様……」

そっと名を呼び、まだ鼓動の速い胸に唇をつけた。

「今夜はこのまま、共に眠ろう」

そう言ってライラの身体を抱え込んだアレンに頷き、身を寄せる。

「おやすみなさい、アレン様」

彼にとって唯一無二の存在が『月の姫』なら、自分がそうでありたい――

ライラは強く思いながら、そっとアレンの腕の中で瞼《まぶた》を閉じた。

4　隣にいるための試練

ひと月ほど経ち、ライラの存在は、概《おおむ》ね城の者に受け入れられているように見えた。だが、当然そうではない者もいる。

王自らが認めた月の姫を、快《こころよ》く思わない者たちだ。

長い歴史の中で、今まで幾人もの自称『月の姫』が現れ、城を訪れては帰された。中には納得がいかないと言い出す者もいたが、王家が『違う』と言えばそれを覆《くつがえ》すことはできなかった。

新しい月の姫の誕生を明言したのは、先代の王のお抱え予言者であるブラウンだ。

王家に古くから仕える家臣たちは予言に色めき立ったが、新興貴族たちは違う。予言など古臭い考えだと公言するばかりか、『月の姫などいるわけがない』とその存在までをも否定し始めたのだ。

王は、王家にとって利益になる伴侶を選ぶべきだ――

そう考える有力貴族たちは、若くして王位に就いた独身のアレンに、自分たちの娘を嫁がせようと躍起《やっき》になった。

月の姫が現れなければ、王は貴族の令嬢を娶《めと》ることもある。現実的な考え方をするアレンなら、きっとそうするに違いないと彼らは思っていた。

月の姫になることは叶わなくても、『王妃』にならなれるかもしれない。令嬢たちもまた、逞《たくま》しく美しい王に想いを寄せ、自らの教養や美を必死に磨《みが》いていた。

そこへ来て、どこの誰ともわからない『月の姫』の出現である。一夫多妻制の多い近隣諸国とは違い、サマルド国は一夫一妻制だ。どこの娘かもわからない月の姫が王妃となれば、娘を王家に嫁がせ若い王の義父となり、この国の権力を握ろうという貴族たちの企《たくら》みは水の泡だ。

そんな事情を抱えた貴族たちの間では、月の姫の出現を疎《うと》ましく思う者も多かった。


「まあ……本当に、見違えましたね」

仕立て上がったばかりのドレスを身に纏《まと》ったライラを見て、ザラは両手を合わせて涙を浮かべている。

パディル公爵の誕生会より数日後、アレンがブルーノの屋敷へと送った遣いは、無事にザラを連れて城へと戻ってきた。ザラは今、ライラ専属の侍女として仕えてくれている。

昔のように話して欲しいとライラは懇願したが、ザラは頑《がん》として譲らなかった。時々二人きりになる時は口調が元に戻ることもあったが、基本的にはライラが主《あるじ》で自分は侍女という立場を崩さない。

「ありがとう。ザラにそう言ってもらえると、少しは自信が湧くわ」

「まあ、ライラ様ったら本当に謙虚《けんきょ》でいらっしゃいますね～」

周りにいた侍女たちが、そう言って微笑み合う。

今日は城で葡萄《ぶどう》の収穫を祝う催しがあり、たくさんのお客様が見える日だと言う。一度貴族たちの前に姿を見せてしまった以上引き籠《こも》っているわけにはいかず、ライラはたっぷりと時間をかけて侍女たちに磨《みが》き上げられていた。

出来上がったばかりのドレスはアレンが見立ててくれたものらしく、仕立て屋が持参したどのドレスとも違う若草色のドレスだった。一見シンプルに見えるデザインだが、しっとりとした手触りの生地《きじ》はかなり上質なものだ。ドレスの縁《ふち》には細かな宝石がびっしりと縫い込まれていて、光の加減でキラキラと輝きを放つ。

侍女たちはドレスを手にきゃあきゃあとはしゃいでいた。戸惑うライラとは裏腹に自分たちの仕事を心から楽しんでいるようだ。

「さすが陛下のお見立て。姫君様の白いお肌が、引き立ちますわね」

「ええ、白銀の髪もいっそう輝いて見えるみたい」

「こんなに美しい髪なのだから、結い上げたりなんかしないで軽くカールして下ろしてはどうかしら?」

褒《ほ》めまくられて居心地の悪そうなライラに、ザラが近づき背中をトントンと叩いた。

「ライラ、大丈夫?」

他の皆には聞こえないように、ごく小さな声で囁《ささや》かれる。ライラはザラを見上げると、ほんの少しだけ首を縦に振った。

今日は王室主催の催しとあって、アレン目当てに若い女性がたくさん来るだろうと聞かされていた。城に足を踏み入れられるのは、身分のしっかりしている貴族の令嬢や商家の娘たちで、家柄や教養の高い女性ばかりだという。

わざわざそれを知らせてくれたのはクレイグだ。

「アレン様の御心は決まっておられるのでしょうが、はいそうですかとすぐに納得してくれる者ばかりではありません。……きっと今日の催しには、あなたの噂を聞きつけた有力貴族やそのご令嬢たちがわんさか押し寄せることでしょう」

「そうですか……」

ライラは俯《うつむ》いた。アレンはサマルド国の王だ。国のためにしかるべき相手と結婚するのは当然のことで、本来なら貴族令嬢と結婚する可能性が一番高かったはずだ。きっと今日来るという令嬢たちは、身分も教養も兼ね備えた素晴らしい人たちばかりに違いない。

そんな人たちにとって、突然現れた自分のような者がアレンの隣に並ぶのは許せないだろう。

考えれば考えるほどライラの気持ちは沈んでいく。

彼の隣にいていいのか。一番疑問に思っているのはきっと自分だ。

しゅんとして落ち込みかけた時、ライラの部屋にクレイグが訪れた。

「準備はできましたか？」

「はい、整っております」

侍女たちから誇らしげに見つめられるが、ライラの気持ちはかなり重かった。

しかし、アレンの傍にいたいのなら、自分は全てを受け入れ乗り越えなければならない。

ライラはひとつ深い呼吸をすると目線を上げた。美しく着飾ってくれた侍女たちの前で、ライラが浮かない顔をしていたら失礼だ。

「皆、ありがとう。こんなに素敵に仕度してくれて」

ぺこりとライラが頭を下げると、侍女たちは慌《あわ》てふためいた。

「そんな、私たちに頭など下げられては……」

「でも、お礼はきちんと伝えないと」

こうして彼女たちに磨《みが》き上げられたことによって、アレンの隣に並ぶ勇気が湧いてくるのだ。

「……いってきます」

「いってらっしゃいませ、姫君様」

侍女たちに見送られ、ライラは笑みを浮かべた。

「それでは、陛下がお待ちですから参りましょう」

クレイグの後に続いて部屋を出ながら、ライラは胸の辺りでぎゅっと手を握り締めていた。


大広間に足を踏み入れた瞬間から、値踏みされるような視線を向けられているのに気づいた。前回とは違う、あきらかに悪意の混ざった視線にライラの足が止まりそうになる。

隣を歩くアレンは注目されることに慣れきっているのか、突き刺さる視線にも囁《ささや》き声にも全く動じていない。それでも女性たちがライラに向ける冷ややかな視線の意味がわかるのか、ちらりと鋭い眼差しを周囲に巡《めぐ》らせた。その度、淑女たちは自分ではないとでも言いたげに扇《おうぎ》で顔を隠す。

「……大丈夫か」

ライラの背中に回った手が、穏やかにゆっくりと動く。その手の温かさに幾分気持ちが落ち着き、ライラはこくんと頷いた。アレンにエスコートされながら広間の中央を並んで歩く。

広間を抜けた先に広がる広大な庭が、今日の催しの会場だ。

会場に用意された大きなテーブルの上には、たくさんのお菓子や軽食、そしてワインが用意されていた。アレンは既に用意されていた豪奢《ごうしゃ》な椅子に腰を下ろしたが、その横に腰掛けていいのかわからずライラはその場に立ちすくむ。

「ライラ?」

隣へ促《うなが》すようにアレンがライラを見上げてきたが、ライラが迷っている隙に、アレンの周りはあっという間に詰めかけた貴族によって囲まれてしまった。

その勢いに押され、ライラは後ろに下がる。アレンとの距離が離れてしまったことを後悔したが、後の祭りだ。

ライラの傍には侍女が一人ついてくれているが、直接何かアドバイスをくれるわけではない。アレンは挨拶の列をさばくのに忙しいし、クレイグにも臣下として催しを取り仕切る役目がある。

邪魔にならないようにひっそりと端に控えていようと思ったが、気づけば周りの女性たちからジロジロと不躾《ぶしつけ》な視線を送られていた。

どうしたらいいのだろう。足がすくみその場から動けなくなったライラに、一人の若い令嬢が近づいてきた。

「こんにちは。初めてお目にかかりますわ。月の姫君様?」

扇《おうぎ》で顔を隠し目だけを覗《のぞ》かせた女性が、そう声をかけてきた。微笑んでいるように見えるが、彼女の目は鋭くライラを見据えている。

「こ、こんにちは……」

「まあ、本当になんてお美しい銀色の髪でいらっしゃるのかしら。その髪で陛下の関心を引いたと、もっぱらの噂ですのよ」

まるでこの髪色でアレンをたぶらかしたとでも言いたげな口調に、ライラは唇を噛み締めた。覚悟していたとはいえ、直接棘《とげ》のある言葉を投げられては傷つく。俯《うつむ》いたライラに、令嬢は密かに意地悪そうな目を向けた。

「お近づきの印《しるし》に、お飲み物でもいかが？　今日は葡萄《ぶどう》祭りですもの」

そう言って女性は傍にいた使用人からワインの入ったグラスを受け取り、ライラへ差し出してきた。

いきなりのことに、ライラはそのグラスを受け取っていいものかどうか迷う。

「あ、あの……私、その」

酒が飲めなければ断っていい。クレイグからそう教えられていたが、それは給仕をしている使用人相手の話だったように思う。

見る限り、その令嬢はかなり身分の高い方のようだ。そんな方から差し出されたものを酒が飲めないからと断ってもいいのか、判断のできないライラは困り果ててしまった。

まごつきグラスを受け取らないライラに、令嬢は眉をひそめてわざとらしく大きな声を出した。

「まあ。月の姫君様は、私などのグラスは受け取れないということなのですね。まさか毒でもご心配なさっているのかしら？」

「ちっ、違います！」

そんな風に言われては、受け取らないわけにいかない。ライラが手を伸ばしグラスを受け取ろうとした瞬間、令嬢がぱっとその手を離した。

「あっ……」

グラスはライラの手を抜け、ドレスに向かって落ちていく。よける間もなく若草色のドレスにワインの赤黒い染《し》みが広がった。

傍《かたわ》らにいた侍女が慌《あわ》ててライラに近寄った。

「ライラ様っ！　大丈夫ですか、すぐに何か拭《ふ》くものをお持ちいたしますから……」

侍女はそう言うと、令嬢に抗議を込めた視線を向ける。

「なんてことをなさるんですか！」

「まあ、なんなの。私がわざとやったとでも言うつもり？　失礼な侍女ね」

令嬢は不満げに言うと、閉じた扇で侍女をびっと指した。

「あなた、私が誰なのかわかった上でそんな態度を取っているのかしら？　私のお父様は、マーソン伯爵よ」

目を白黒させている侍女に、ふふんと鼻を鳴らす。

「侍女の分際で、無礼にもほどがあるわ。全く信じられない。仕える人間がいたらないと、侍女の教育もきちんとされないようね」

令嬢はそう言うと、ライラを一瞥《いちべつ》して高らかに笑う。ライラの傍にいた侍女は、青ざめた顔でふるふると肩を震わせている。

ライラのために怒ってくれた侍女を、これ以上、傷つけたくない。ライラは強くそう思った。

「全ては私のためにしてくれたことです。ご気分を害されたのなら申し訳ありません」

ライラがそう言い深々と頭を下げると侍女はハッとした。

「ラ、ライラ様っ！」

「……大丈夫。拭《ふ》くものをお願いできる？」

ライラが微笑んでそう言うと、侍女は泣きそうになりながら広間を駆けて行った。

いつの間にか、ライラは遠巻きにたくさんの女性たちに囲まれていた。そして皆、楽しそうにライラへ蔑《さげす》んだ視線を送ってくる。

「身分が低いくせに、月の姫だなんて言って城に入り込むからよ」

「見て、あのドレス。月の姫とやらにお似合いだと思わない？」

「本当にそうね。風変わりな髪色には、ちょっとくらい汚れている方が似合うんじゃないかしら」

あからさまな嘲笑が聞こえてくる。ライラは汚れてしまったドレスの裾をじっと見つめた。これくらい、大したことではないとぐっと耐える。

それよりも、アレンがライラのためにと選んでくれたドレスを汚してしまったことの方が悲しかった。

その時——

「ライラ、どうした」

聞き慣れた低い声に、ライラはハッとして顔を上げた。

「まあ、陛下よ！」

途端に、ライラを遠巻きに取り囲んでいた令嬢たちが騒ぎ出す。

挨拶のために押し寄せた人の波からいつの間に抜け出してきたのか、アレンが傍まで来てくれていた。

アレンは目ざとく若草色のドレスの裾に広がる染《し》みを見つけ、眉をひそめる。

びくりとしたライラが謝罪の言葉を口にするより前に、アレンは令嬢たちに囲まれてしまった。

「陛下、本日はお招きくださりありがとうございます。お目にかかれて光栄ですわ」

思いがけず近くまで来たアレンに、令嬢たちがすり寄っていく。アレンの視線がじっとライラのドレスに注《そそ》がれているのに気づき、令嬢たちはくすくすと笑みを漏《も》らした。

「せっかくのドレスをこんな簡単に汚してしまわれるなんて」

「今日は葡萄《ぶどう》の収穫を祝うお祭りだというのに……あんな風にせっかくの実りを無駄にされるのもねぇ」

令嬢たちは、言外にライラとそのマナーの悪さを非難し始めた。返す言葉もなく、ライラはじっとその場に立ちすくむ。

「アレン様……。よろしければ、あちらに座ってお話しいたしませんか？」

ライラにワインをかけた伯爵令嬢が、アレンにしなだれかかるようにして言った。

「まあ、ずるいわ。私もぜひご一緒させていただきたいですわ」

しかしアレンは、しなだれかかる令嬢の手を軽く払いのけた。

「失礼」

そう一言だけ言い放つと、スタスタと女性たちの輪から抜け出す。そして、ぽつんと佇《たたず》むライラに近づき自然に寄り添った。

「も、申し訳ありません。その、手が滑って、せっかくのドレスを汚してしまって……」

慌《あわ》ててそう言うと、アレンは優しげな笑みをライラに向ける。

「そうか。慣れない場ではそういうこともあるだろう。俺の方こそ一人にしてしまって悪かった」

温かい言葉をかけられ、じわりと涙がこみ上げてきた。こんなことで泣くものか。そう思って堪《こら》えていたのに優しく微笑むアレンの顔を見たらダメだった。

「ごめんなさい。せっかく陛下が……見立ててくださったドレスだったのに」

青い瞳に、涙の膜がかかる。これ以上話すと涙が零《こぼ》れてしまいそうで、ライラはぐっと奥歯を噛み締めた。

「可愛いライラ。そんなことを気にしていたのか」

アレンはそう言うと、人前にもかかわらずライラの髪へキスを落とした。

「へ、陛下……！」

慌《あわ》てて顔を上げると、今度は瞼《まぶた》にキスをされる。

「そんなことで怒るほど、俺は小さな人間に見えるか？　ドレスなどいくらでも用意してやる」

ライラを見つめるアレンの視線は、まるで二人だけでいる時のように甘い。ライラがドギマギして顔を赤らめていると、耳元に口を寄せたアレンが囁《ささや》いた。

「くだらないやっかみを排除するのは、こうするのが一番だ。いつも通りにしていればいい」

いつも通りとは、いつのことを指しているのか。

「いつも通りって……？」

「それをここで、俺に言ってほしいのか？」

妖《あや》しい目で顔を覗《のぞ》き込まれ、ライラは思わず赤面した。もしかして、二人で過ごす夜のことを言っているのだろうか。

「ア、アレン様っ！」

「仲がよろしいのは、いいことですなあ」

ひときわ大きな声で言ったのは、先だって誕生会に招待してくれたパディル公爵だ。

「……し、失礼しますわっ！」

ライラが顔を赤くしていると、令嬢たちがキンキンとした声で言い放ち次々と立ち去っていくのが見えた。いつの間にか、二人の周囲には誰もいなくなる。

「このまま部屋に戻れ」

アレンに小声で言われ、ライラはこくんと頷いた。アレンにはまだまだ仕事が残っているはずだ。

これ以上迷惑をかけてはいけない。

ライラはパディル公爵へ挨拶をした後、戻ってきた侍女と一緒に、庭を後にした。

ひと気のない廊下にまで出て来て、ライラはほっと大きく息を吐く。緊張の糸が切れてその場にしゃがみ込みそうになったが、どこに誰の目があるかわからない。ライラはもう一度お腹に力を入れ背筋を伸ばすと、侍女の後に続き廊下を歩きだした。

アレンに迷惑をかけてばかりの自分が情けなくて、泣きたくなる。

（アレン様は……本当に私でいいのかしら……）

彼のためには何もわからない自分ではなく、きちんと教養を身につけた方と一緒になったほうがいいのではないか。

信じろと言われているのに自信を失うことばかりで、ライラは肩を落としてため息をついた。

月の姫と呼ばれているが、ここでのライラの存在意義とはなんだろう。

おとぎ話では月の姫はサマルド国に繁栄をもたらすと言われているが、ライラはアレンのために一体何ができるのか……

「ライラ様？　着きましたよ」

ぼんやり考え事にふけっていたせいか、いつの間にか自分の部屋の前に辿《たど》り着いていた。

「ありがとう……」

「先ほどは、申し訳ありませんでした」

侍女に頭を下げられ、ライラは慌《あわ》てて彼女の肩に手を置く。

「そんな、私の方こそ嫌な思いをさせてごめんなさい。あなたは、私のために怒ってくれたのに……」


ライラの言葉に侍女は顔を上げ目を潤《うる》ませた。

「ライラ様……。すぐにお着替えと、温かいお飲み物をお持ちしますね！」

侍女は微笑みながら言うと、ライラの返事を聞く前に小走りで廊下を戻っていった。

皆が自分を月の姫として扱い世話をしてくれているのに、自分はいつまで経っても中途半端だ。

もっと自信を持って堂々と振舞えるようになるにはどうしたらいいのだろう。

ライラは自分の部屋に入ると、染《し》みのついたドレスを見つめ、力無く長椅子に腰掛けた。


令嬢たちから冷たい仕打ちを受けてから数日が経った。

月の姫としてアレンに寄り添う覚悟を固めたはずなのに、実際はちっとも覚悟などできていない。

そんなふわふわとしたどっちつかずの状態でいたから、罰《ばち》が当たったのだと思う。

「あの子、髪は確かに綺麗だけど本当に月の姫なのかしらね？」

自室の周りを散策していた時のことだった。

廊下の角を曲がろうとしたライラの耳にそんな声が聞こえてきて、咄嗟《とっさ》に物陰に身を隠す。

「でも、城の涸《か》れ井戸の水が湧いたとか水不足の村に雨が降ったとか聞いたけど」

「そんなの、あの子が直接何かやったってわけじゃないじゃない。ただの偶然ってこともあるし」

「まあ、そう言われればそうよねえ」

侍女たちがひそひそと話しながら、物陰に隠れるライラの前を通り過ぎていく。

「今までにも銀色の髪をした娘が、たくさん城を訪ねてきたわよねえ？　その度に違うと言われて帰されたけど。今回もきっとそうなるんじゃないかって、もっぱらの噂よ」

「どうして陛下は、あの子を月の姫だって思ったのかしらねえ」

ため息まじりのセリフに、周りの侍女たちも賛同している気配がした。ライラはバクバクと激しく音を立てる胸を、服の上からぎゅうっと押さえつける。

侍女たちの足音がすっかり聞こえなくなるまで、ライラはじっと息を殺してその場にしゃがみこんでいた。

彼女たちは、自分の世話をしてくれてる侍女だろうか。もしそうだったら、と背筋がすっと寒くなる。にこにと笑顔を向けてくれる裏で、あんな風に思われていたのだろうか。

「……ライラ？　こんな所で何をしているの？」

いきなり声をかけられて焦って顔を上げると、そこにいたのは両手いっぱいに洗濯物を抱えたザラだった。ほっとすると同時に、泣きそうになる。

「まあまあ。どうしたの、そんな泣きそうな顔をして。ひとまず部屋に行きましょう」

「うん……」

ライラはゆっくり立ち上がると、ザラと一緒に部屋へ向かった。部屋に入り二人だけになった途端、つい押し込めていた不安を吐き出してしまう。するとザラに、やんわりと窘《たしな》められた。

「そんなこと思ってはダメよ。アレン様は、ちゃんとライラが月の姫だってわかっているわ。ただ髪の色だけで月の姫かどうかを判断されたのなら、マーガレット様をここに連れてきているはずだもの」

ザラは長椅子に座るライラの傍に立ち、銀色の髪を優しく撫でた。

「それは……そうなのだけれど」

「ライラは、まだ自分に自信が持てないの？」

顔を覗《のぞ》き込まれて、ライラはさらに俯《うつむ》いた。

自信など、持てるわけがない。月の姫として扱われているのに、何もできないことが不甲斐なくて情けなくて――そう思った時、ふとそれなら自分ができることをしたらいいのではないかと思いついた。

ライラはぱっと顔を輝かせると、ザラに話しかける。

「私、ザラみたいに使用人として働かせてもらえないかな」

ライラの言葉に一瞬目を丸くした後、ザラは困った顔で首を振った。

「残念だけど……それは難しいと思うわ。陛下がそんなことを許すとは思えないもの」

「そっか……使用人として働ければ、少しはアレン様のお役に立てるかと思ったんだけど」

しょんぼりと肩を落としたライラを、ザラが苦笑して見つめてくる。

「ライラ……」

「大丈夫よ。心配かけてごめんね、ザラ」

ライラがそっとザラを見上げると、彼女はにっこりと笑ってライラの頬を数回撫でてくれた。

「何言ってるの、私がライラを心配するのは当然よ。でも、そうね。ライラはもっとちゃんと、自分やアレン様と向き合った方がいいかもしれない」

「自分や、アレン様と……？」

「そう。ライラは私の自慢の娘なのよ。もっと自分に自信を持って」

ザラは身を屈《かが》めると、幼い子供にでもするようにライラの手をぎゅっと握り締めた。柔らかいザラの手に包まれ、ライラの気持ちが段々と落ち着いてくる。

「わかった」

「それじゃあ、また来るわね」

ライラから手を離すと、ザラは自分の仕事へと戻っていった。

一人になった部屋で、ライラはぼんやりとザラに言われたことを考える。

ずっと傍にいてくれたザラの言葉だからこそ、とても重みがあった。自分自身やアレンと向き合った方がいいとは、どういう意味だろう。

初めて会った時から、いや、初めて肖像画を見た時から——アレンにどうしようもなく惹《ひ》かれていたのは事実だ。そして今でも、アレンの傍にいると胸が高鳴って仕方ない。

アレンの傍にいたい。それが自分の中にある確かな思いだ。

けれど、そう思えば思うほど、自分は王家の伝承にある姫のように、アレンの力になれるのだろうかと考えてしまう。

はたして自分は、彼の傍にいる資格があるのだろうか——

その答えが見つからぬうちは、ライラが自分に自信を持つことも、周りに認められることもない気がした。

その夜。侍女の手伝いを断り、一人で寝る支度を始めようとしていたライラは、誰かがやって来た気配に気づいて慌《あわ》ててドアに駆け寄った。開いたドアから、少し疲れた表情のアレンが部屋に入ってくる。

「陛下！」

慌てて中に招き入れると、アレンは眉をひそめて部屋の中を見渡した。

「誰もいないのか？　この時間なら、侍女が就寝の支度をしているはずだろう」

訝《いぶか》しげな様子のアレンに、ライラは慌てて弁解する。

「あの、違うんです！　私が手伝いを断ったのです」

いつものようにナイトドレスを持って部屋を訪れた侍女を帰したのはライラだ。コルセットの必要な盛装ならともかく、日常的に着ているドレスなら自分でも脱ぎ着できる。ならば、わざわざ侍女の手を借りることもない。

それに、廊下でライラの噂話をしていた侍女が誰かわからなかったせいもあって、どこか侍女たちに手伝ってもらうのが怖い気持ちもあった。

「自分のことはずっと自分でしてきましたし、少し考えたいことがあって……」

「お前の手伝いをすることは、侍女の正当な労働だ。お前は、彼女たちの仕事を不当に奪ったことになるな」

仕事を奪ったと言われ、ライラはハッとして顔を上げた。

そんなつもりはなかったのに、また自分は間違ったことをしてしまったのだろうか。恥ずかしさと同時に、情けなくなる。

ライラをじっと見下ろしていたアレンは、不安そうに二つの青い瞳を揺らすライラを見て困った表情になった。

「仕事を奪ったというのは言い過ぎだが、それが事実だ。まあ、今頃侍女たちは仕事が減ったと喜んでいるだろうがな……ここでは、よかれと思ってしたことでも、逆の意味で受け取られることがあるのだと覚えておくといい」

「はい。申し訳ありませんでした……」

自分の浅はかさを思い知り、ライラはしゅんと視線を落とす。

「お前の考えていることが手に取るようにわかるな」

優しい声色とともに頭の上にぽんと大きな手が乗った。

「え……？」

「大方、自分はここで何もしていないとか、だったらせめて迷惑をかけたくないとか、そんなことを考えていたのだろう。お前の顔に書いてある」

ライラは焦って両手を頬に当てた。そんなに自分はわかりやすい顔をしているのだろうか。

「ここにお前を連れてきたのは俺だ。俺がお前を連れてきたかったから、その気持ちを抑えることができなかったから、強引にあの街から連れ出した。俺はお前をこうして傍に置けることを嬉しく思う。お前はそれが嫌なのか？」

ライラは急いで首を横に振りアレンを見つめた。口調はぶっきらぼうだが、ライラに向けてくれる視線は温かい。

「嫌だなんて、そんなこと思うはずがありません」

「だったら、堂々としていたらいい。お前はここにいるだけで意味があるんだ」

「そうでしょうか……」

「ああ。お前が傍にいてくれるだけで、俺は癒《いや》されるし力をもらっている」

アレンはそう言うとふわりとライラを抱き寄せた。アレンの大きな腕の中に、ライラはすっぽりと収まってしまう。伝わる体温が心地よくて目を瞑《つぶ》ると、アレンもまたライラの肩口に顔を埋《うず》めた。

「……多少肉付きがよくなったか？」

「えっ!?」

思わず身体を離そうとしたライラを手放すまいと、アレンの腕にぎゅっと力が入る。

「俺にしてみればこれでもまだ細すぎる。ちゃんと食べているか？」

「た、食べてます。美味《おい》しすぎて、いつも食べ過ぎたと思うくらいで……」

「それならもっと食え。デザートでも増やすように言っておくか？」

ライラが慌《あわ》てて首を振ると、アレンはくすくすと笑った。そうしてしばらくライラを抱きしめた後、アレンが再び口を開いた。

「……俺の目が行き届かずに、すまなかったな」

ぽつりと言われた言葉に、ライラは身を硬くした。ライラが何に悩んでいるのか、アレンは知っているのだろうか。

何も言えずにじっとしていると、アレンが苦笑しながら、実はな、と話し始めた。

「さっき、ザラに会った。浮かない顔をしていたので理由を問い詰めたら、お前のことを聞かされたよ」

ライラの前では明るく振舞っていたザラが、落ち込んだ様子だったと聞かされ胸が痛む。

「……陛下のせいではありません。私がいたらないせいです」

そう言うと、アレンは首を振る。

「多少強引ではあったが、お前をここに連れてきたことを俺は後悔していない。けれど、お前はどうなのだろう。いらぬ苦労をさせているのではないか？」

ライラの胸がぎゅっと掴《つか》まれたように痛くなった。アレンの傍にいられてこんなにも幸せなのに、その気持ちはアレンに伝わっていない。

それどころか、彼を悩ませてしまっている。

「陛下……」

泣きそうになりながらそう呟《つぶや》くと、ライラの髪に唇を押し当てられた気配がした。

「今日はなぜ名前で呼ばない。もう呼ぶのが嫌になったか？」

この方は、どうしてライラの変化にすぐ気づいてしまうのだろう。ライラはふるふると首を振ると、俯《うつむ》いてアレンの胸に顔をつけた。

「いつか、お名前で呼ぶことが許されなくなるかもしれないと思って……」

ライラを抱く腕の力が、さらに強くなった。

「本当に、そう思うのか？」

無理やり上を向かされ、ライラはぐっと唇を引き結んだ。否定も肯定もできない。口を開けば、泣き出してしまいそうだ。

もし、アレンの隣にいられなくなったら——

それを考えると、足がすくんでしまうほど恐ろしかった。ライラの顔をじっと見ていたアレンは、突然がばりとライラの身体を抱き上げる。

「きゃっ！」

「どうやらお前には、今すぐ考えを改めてもらう必要があるな」

ライラを横抱きにしたまま、部屋の奥へと進んでいく。目線が高いのと揺れるのが怖くてアレンにしがみつくと、彼の口角が少し上がった。

「ライラは……俺が国王じゃなければと思うことはあるか？」

アレンにしがみついた姿勢で、ライラは目を丸くした。

「そんな、陛下は陛下です」

「生まれながらの王、と言いたいのか」

はい、と小さく答えるとアレンは自嘲気味に笑った。

「俺から言わせれば、月の姫とて同じだ。生まれながらにして月の姫は月の姫で、他の誰も代わりなどできない。代わりたくても、代わりになれる者などいないんだ」

力強くそう言って、寝室に足を踏み入れる。そしてベッドの上にライラをふわりと降ろした。

「それを決められるのは、王家の人間だけだ。俺にはお前が月の姫とはっきりわかるのに、お前にはそれが伝わらないというのが残念でならないが……まあ、大した問題ではないな」

「え、あの、陛下」

ベッドの上で身体を起こそうとしたライラの脇に、アレンが手をついて上から見下ろしてくる。その威圧感に逆らえず、ライラはベッドの上にぽすんと身体を戻した。

「ライラ」

甘く名を呼ばれると、それだけで胸が苦しくなり目が潤《うる》む。しっとりと濡《ぬ》れた瞳でアレンの顔を見上げると、たまりかねたようにアレンが口付けてきた。

触れるだけのキスから、唇を挟むキスに変わる。苦しくなったライラが息を吸おうと開いた唇を、アレンの舌が舐《な》めた。

アレンからの口付けは、こんなにも切なくて気持ちがいい。

堰《せき》を切ったように気持ちが溢《あふ》れ出し、ライラはそれを伝えようとキスを繰り返した。

「アレン様……」

名前を呼ぶだけで、泣きたくなる。アレンの手の平がライラの頬を挟み、ライラもまたその手に自らの手を重ねた。この手に触れられなくなるのは、きっともう耐えられない。

互いに舌を絡《から》めて夢中で吸い上げると、ぴちゃぴちゃと水音が響いた。舌の感触を味わいながら、唾液を啜《すす》る。愛しい人と口付けを交わしていると思うと、それだけで身体が熱く潤《うる》んできた。

「ふぁ……あ、ん……っ」

キスを続けながら、アレンがライラの身体へと手を伸ばした。触れるか触れないかの距離で腕をなぞられ、ぞくぞくと肌が粟立《あわだ》つ。口の中で蠢《うごめ》く舌は、どうしたらライラが気持ちよくなるのか知り尽くしているようだ。上顎《うわあご》をなぞられ、たまらず鼻から息を漏《も》らすと、アレンの息が少し荒くなったように思えた。

身体中をアレンの手と舌で愛撫され、あっという間にライラの身体は蕩《とろ》けきってしまう。ライラのドレスを全て剥《は》ぎ取り、自らの衣服も床に投げ捨てたアレンは、もどかし気にライラの脚を大きく開いた。熱く滾《たぎ》った昂《たかぶ》りを割れ目に当て、手を添えたまま数回往復させる。溢《あふ》れ出した蜜がちゅぷりと音を立て、それを聞いているライラも興奮していくのを感じた。

ぬらぬらと淫靡《いんび》な蜜にまみれた昂りを、アレンはゆっくりとライラの中に沈めていく。

「あ、あっ、はああぁぁっ……」

愉悦《ゆえつ》の声を上げ背中を反らせながら、ライラはアレンの昂りをきゅっと締め付けた。

「あっ、はあっ、ン、ン、あぁ……や、あぁんっ！」

アレンはライラの中に入るとすぐに、細い腰を掴《つか》んで激しく動き出した。その動きに合わせて、ライラも甘い声を上げる。大きく開いた脚の中心で彼の昂りが抜き差しを繰り返し、その度ぐちゅっぐちゅっと鈍く淫《みだ》らな音が響いた。

「ああ、すごい……こんなに濡《ぬ》れて。俺に、こうされたかったのか？」

激しく腰を打ち付けながらアレンが掠《かす》れた声で言ってくる。それに煽《あお》られライラはさらに高い声を上げた。

アレンの言う通り、不安を感じていたライラは彼との深い繋《つな》がりを欲していた。

「やっ、ああ、そんな奥……んんんっ！」

アレンは、そんなライラへひときわ深く熱い自身を押し付け、ぐるりと腰を回すように動かした。そうされると、ライラの秘所へ刺さった昂りが、子宮の入り口を刺激してくる。また新たな快感を教えられたライラは、激しく身を震わせ高い声を上げた。

「あ、あああ、ん、あ、あ、きちゃうの、あ、いやぁ……っ！」

一度目の絶頂を迎えたライラを、目を細めてアレンが見つめている。

身体の痙攣《けいれん》とともに秘部が収縮してアレンをきゅうっと締め上げた。眉を寄せてそれをやり過ごしたアレンは、再びゆっくりと動き始める。ライラの中に埋《う》まったままの彼のものが、さらに硬さを増し大きくなった。

「ああぁっ、そんな、だめ……っ！」

絶頂を迎えたばかりの敏感な身体を揺さぶられ、ライラは悲鳴にも似た声を上げたが、アレンはお構いなしに攻めたてる。

「ふ、あ、あ、あああっ、や、ン、あぅっ！」

いつの間にか、ライラは横向きで片脚を抱え上げられ、後ろからアレンに攻めたてられていた。

正面から交わり合うのとは、触れる場所も擦《こす》られる角度も違う。脚を大きく広げられる体勢より少し繋《つな》がりは浅くなるが、その分すぐ背後にアレンの熱い息を感じてぞくぞくする。

アレンの太い先端が抜けそうなほどぎりぎりまで抜かれたかと思うと、すぐにずぶずぶと奥まで入れられる。激しかった先ほどとは違うゆっくりとした律動に、ライラは背中を弓なりに反らせて声を上げた。

「あン、あ、あっ、あぁ、ああ……んっ、あ、ん！」

叫ぶというよりは強請《ねだ》るような甘い響きを持った声に、アレンはライラの肩にちゅっと唇をつけ舌でなぞりながら囁《ささや》いた。

「ライラ……気持ちいいか？」

「あ……っ、だめ、しゃべっ、ちゃ……あ、ああンっ」

ライラは、肩や背中を舐《な》められ吐息をかけられるのに弱かった。そうされるとライラの秘所は気持ちよさにきゅうっと締まってしまう。

ライラはシーツを握り締めながら、ひたすら甘い快楽の波に溺《おぼ》れる。

「く……ライラッ……！」

そんなライラの様子に、たまらないと言ったように呻《うめ》き、アレンが後ろから激しく腰を打ちつけてきた。

「お前を抱くと……身体に力が漲《みなぎ》るようだ。何度でも、こうして」

言いながら奥深くにずんっと打ち込まれ、ライラの口から嬌声《きょうせい》が零《こぼ》れる。

アレンの言っていることは、ライラにも理解できた。アレンに抱かれこうして繋がっていると、例えようのない幸福感と充足感が湧いてくる。足りないものを埋《う》められているような、二つの身体が交わり溶け合うような不思議な感覚を覚えるのだ。

「アレン、様……ぁ、あ……っ」

快感だけでは説明しようのない感覚に満たされ、ライラの心が喜びに震える。

「わからないか？　……ほら」

秘所に埋まった熱く逞《たくま》しいものが、再び動き出す。

ライラが感じる喜びと同じものを、彼も感じているのだろうか。

ライラは胸を震わせながら、自分を抱きしめるアレンの腕を優しく撫でる。

アレンはぐちゅぐちゅと互いが繋がった場所へ手を伸ばすと、溢《あふ》れた蜜を指にまとわせる。そのまま秘部のすぐ上にある蕾《つぼみ》に触れた。アレンは充血してぷくりと膨れ上がった蕾を円を描くように撫で始める。

「え、あ、あああああっ！」

敏感な蕾に触れつつも、アレンの律動が止まることはない。二か所をいっぺんに攻めたてられてライラは大きく声を上げた。

「あああっ、あっああン、だめ、アレン様っ！」

どっと溢れた蜜がさらに卑猥《ひわい》な音を立て、部屋の中に水音が響きわたる。ライラが喘《あえ》ぐ度にアレンの腰の動きはさらに速く艶《なま》めかしくなり、それに応えてライラの中も彼のものに絡《から》みつき締め上げていった。

「だめ、あ、またぁ……ん、ん、あ、あああああっ」

「イクのか……ああ、お前の中が動き始めて……たまらないな」

掠《かす》れた声でそう漏《も》らすと、アレンはさらに昂《たかぶ》りを深く抜き差ししてくる。

「あ、あ、あああっあああん、ああああああっ！」

もっともっと奥へ。口にしなくてもわかるのか、ライラの絶頂に合わせて、アレンは最奥《さいおう》まで己を穿《うが》つためにライラの脚を大きく上げて腰を突き出した。

真っ白い波に襲われると同時にライラの秘部がきゅうっと収縮する。まるで形を記憶するかのように昂りを切なく締め上げられ、アレンは低い呻《うめ》き声を上げた。

「もうダメだ……俺も、ライラの中に放ちたい……っ」

激しい快感の中でライラが微《かす》かに頷くと、アレンは猛然と腰を動かし始めた。

「ひゃ、ああああああっ！」

ガクガクと身体を揺らすライラの中へ、アレンは自身の張りつめたものを押し付け精を放つ。

お腹の奥に熱い感触がじわりと広がる。ライラは快楽の余韻に浸《ひた》りながらそっと目を閉じた。

「ライラ……こうして俺が抱くのは、お前だけだ。俺に必要とされているのがわからないか？」

アレンからの愛情は、切ないほどに感じている。

ただ自分にそれを受ける資格があるのかと不安になるのだ。

「こんなに愛おしいと思うのは、お前だけだ」

身体の繋《つな》がりを解かぬまま、アレンがライラに身を寄せて囁《ささや》く。その振動で二人が繋がった場所からこぽりと精が零《こぼ》れ、ライラの太腿を伝った。

さっきまで、はち切れそうなほどに熱く膨れ上がっていた彼のものは少し熱を冷ましたようだが、今もライラの中で存在を主張している。

今夜はたとえ身体がくたくたになろうとも、何度も求められたい。

「アレン様……」

ライラは顔を後ろに向けると、アレンの頬にそっと唇をつけた。頬だけでは満足できないと、アレンがすぐに唇を合わせてくる。自然に唇が触れ合い、すぐにアレンは赤い舌を覗《のぞ》かせライラを求め始める。

「あ……」

深く唇を合わせ舌を絡《から》ませ合うキスをしながら、ライラの最奥はまたじわりと新たな蜜を零し始めていた。


翌朝。

ライラが目を覚ました時には、既にアレンの姿はなかった。昨日は遅くまで何度も身体を求め合ったが、彼は陽が上ると同時にこの部屋を出て行ったのだろう。

ライラは甘い熱の残る身体を起こし、ぎゅっと抱きしめた。

自信がなくて、なんの役にも立っていないライラを、アレンは必要としてくれる。その思いに向き合い、ちゃんと応えられるようになりたい。

ライラはキッと決意に満ちた顔を上げた。自分にも、アレンのためにできることはあるはずだ。アレンの傍にいると決めた以上、自分が変わらなければいけない。

ライラは支度を手伝いに来てくれた侍女に、クレイグに会いたい旨を伝えてもらった。

ライラからクレイグを呼び出すのは初めてだが、彼は驚くほど早くライラの部屋にやって来た。早すぎて、こちらの支度がまだ終わっておらず廊下で少し待っててもらったほどだ。

ライラは、侍女に頼んで深緑のドレスを着せてもらった。アレンの瞳と同じ色の宝石があちこちについたドレスは、自分にはもったいないと思いつつも実はとても気に入っている。まるで彼に見守られているようで、少しだけ勇気が湧くのだ。

「朝早くからお呼び立てして申し訳ありません」

ライラは、クレイグにぺこりと頭を下げた。そして、思いきって口を開く。

「あの、お願いがあるんです」

「お願い？」

クレイグに不思議そうに問われ、ライラは決意したことを切り出した。

「私に、王宮で生きていくための作法を教えていただけませんか？　あと、この国の歴史や大陸の向こうの国々のこと、とにかく私に必要だと思うことを全部教えていただきたいのです」

「……どういう心境の変化ですか？」

かなり驚いたのか、クレイグは目を見張ってライラを見つめた。その視線に怯《ひる》みそうになりながらも、目を逸《そ》らさずに彼を見つめ返す。

このままは嫌だった。アレンに甘え、ただぼーっと何もせずに過ごすのは。

彼がライラに向けてくれる強く大きな気持ちに、少しでも応えたい。

城に来てから何も努力をしていなかった自分をライラは恥じた。遅まきながらではあるが、心から変わりたいと思ったのだ。

「あの……アレン様の気持ちにお応えしたいのです。私のせいでアレン様が恥をかかれたりしないように、自分にできることをしたいのです」

ライラの身に起こったことを、少なからずクレイグも知っていたのかもしれない。一瞬険しい顔をしたように思ったが、すぐにいつもの穏やかな表情に戻った。

「それでは、アレン様のために教養を身につけたいと」

顔を赤くしながらライラが頷くと、クレイグは今度は嬉しそうに微笑んだ。

「かしこまりました。そういうことでしたら、いくらでもお力になりましょう！　早急にライラ様専属の家庭教師を手配いたします。よろしいですか」

「あの、よろしくお願いします！　ありがとうございます」

「……私の方こそ、お礼を申し上げなければなりません」

クレイグの言葉に、ライラは深々と下げていた頭を上げて彼を見上げる。

「既にご存じかもしれませんが、アレン様は若くして国王の座にお就きになりました。王位継承権の順位から言って彼が王となることは当然なんですが……その若さと若干荒い気性ゆえに、陰ながら反対する者も多かったのです」

クレイグは寂しげな表情で、視線を少し床に落とす。

「私をはじめ陛下を慕《した》う者たちは、アレン様なら、きっとこの国を上手《うま》く治めていかれると思っています。けれども、貴族の中には私利私欲のために、あらゆる手段を使って国内の権力を握ろうと企《たくら》む者たちがいるのも事実」

「あらゆる手段……ですか？」

「ええ。例えばまだ若い王に自分の娘を嫁がせて、王の義父として権力を得ようとかね」

城で開かれた催しで、たくさんの貴族やその令嬢がアレンの周りを取り囲んだことを思い出す。

暗い表情を見せたライラを安心させるように笑いかけながら、クレイグはさらに話を続けた。

「アレン様は、あまり周囲に弱みをお見せになりません。王としての地位を確固たるものにし、民や臣下の信頼や尊敬を得るには、誰より自分が政務に励み努力すればいいという信念をお持ちなのです」

そう言うと、クレイグは悲しそうな笑みを浮かべた。

「それゆえに、陛下はいつも自分を押し殺しておられる。陛下を慕う者は皆……陛下が心から信頼を寄せ、癒《いや》され安らぎを与えてくれる存在を得てほしいとずっと願っていたのです」

「あの、もしかして、それが」

「ええ。もしかしなくても、あなたです」

クレイグにきっぱりと言い切られ、ライラはぽっと頬を赤らめた。

「私が、アレン様を……」

クレイグは目を細め、優しげな笑みをライラに向ける。

「以前の陛下をご存じないライラ様には信じられないでしょうが……アレン様が何かに執着される様子を、私共は今まで見たことがありませんでした。あなたが月の姫であるかどうか、それは正直あまり関係ないと私個人としては思っているのです」

ライラは、クレイグの言葉に驚いて目を見張った。

「関係ない？」

「ええ、そうです。月の姫であろうがなかろうが、アレン様は心からあなたを愛しているご様子。あなたがアレン様にとって安らげる場所であるのなら、それだけで充分なのですよ」

思いがけない言葉に、ライラは何と言っていいかわからなくなった。月の姫でなければアレンの傍にはいられない。そう思い込んでいたので、正直クレイグの言葉には驚かされた。

「だからあなたはもっと自信を持っていいのです。たとえ何があろうとも、アレン様があなたを手放すことはないでしょうから。ふふ、随分と遅い初恋のようですね」

クレイグはそう言うと、ライラから一歩離れて頭を下げた。

「これは臣下としてというより、長く彼と一緒に育った幼なじみ兼従兄《いとこ》としてのお願いです。どうか……アレン様の傍で、あの方を支え力となって差し上げてください」

「そ、そんな！　顔を上げてください」

「アレン様の苦労は、私が傍で一番見てきました。けれど、私にできることにも限界がある。私が妻の存在にとてつもない力と安らぎを得たように、ライラ様にもアレン様を支えてあげてほしいのです。月の姫としてというより……一人の女性として」

月の姫でなくても、アレンのためにできることがある。クレイグの言葉は、今のライラにとって一番勇気づけられる言葉だった。

「……はい！　私、精一杯がんばります」

ライラはぴょこんと頭を下げると、決意を新たに顔を上げた。


数日後、早速ライラに様々な家庭教師がつけられた。

最低限の読み書きはザラが教えてくれていたが、ライラが学ぶべきことは思っていた以上に多かった。

基本的な作法や教養に始まり、王妃となった時に必要となるサマルド国の歴史や貴族関係についてなど知らないことがたくさんある。だが、ライラにとって家庭教師と過ごす時間は楽しかった。

こうやって色々な知識を学ぶのが、今の自分にできる一番のこと。いつかそれがアレンの助けになるかもしれないと思うと、全ての時間に身が入った。

最初アレンは、自分の知らないところでライラに関することが決められたのを不満そうにしていた。けれど、クレイグから何か言われたようで今では黙って見守ってくれている。

ライラは自分の部屋に新たに用意してもらった机で、熱心にペンを動かし家庭教師の言葉をメモしていく。

その様子を、歴史を教えてくれている高齢の家庭教師が、傍《かたわ》らで見守ってくれていた。

「今日はこの辺にいたしましょう。ライラ様、よくがんばっておられますね。熱心なのはよいことですが、あまり無理なさいませんよう」

「はい、先生。ありがとうございました」

穏やかに微笑み、家庭教師は部屋を出て行った。

ふう、と息を吐きながら、ライラがおさらいでもしようかと思った時、部屋の扉が勢いよく開いた。

「陛下？」

現れたのはアレンだ。そのまま部屋にするりと入りドアを閉める。

「どうなさったのですか？」

「いや、ちょうど家庭教師が出て行くのが見えたから。たまたまだ」

しきりに外を気にしている様子に首を傾《かし》げると、アレンはため息をついた。

「お前の勉強の邪魔をするなとクレイグに言われていてな。こうして会いに来たのが、ばれるとマズいのだ」

「まあっ」

ライラに近づいてきたアレンを笑顔で見上げると、彼は眩《まぶ》しそうな表情でライラの額にかかった前髪をはらった。

「少し髪が、乱れているな」

「えっ、申し訳ありません。すぐに直します」

慌《あわ》てて鏡を見に行こうとしたライラの腕を、アレンが掴《つか》む。

「それだけ勉強に打ち込んでいたという証拠だろう。その姿を見るのが俺なら、何も恥ずかしがることはない」

そう言うと、アレンはふわりとライラを抱きしめてきた。包み込むような優しい体温に、ライラはうっとりと身を委《ゆだ》ねる。

淑女たるもの、身なりを整えるのは最低限のマナーだと教えられた。けれど、アレンがいいと言うのなら、今はこのぬくもりを感じていたかった。

「勉強の調子はどうだ？」

アレンに尋ねられ、ライラは顔を上げて困ったような笑みを見せる。

「まだまだです。学ぶことが多すぎて……教えてもらったことを忘れないようにするのが精いっぱいです」

家庭教師から学んだ後も、復習をしないと次の授業に追いつかない。ライラは一日の大半を勉強に費やすようになっていた。最近では、疲れているのか夜もすぐに眠ってしまう。

「がんばっているのだな」

アレンは誇らしげに頷くと、服の内側から一冊の本を取り出した。

「今日は、お前にこれを渡そうと思ってな」

彼が差し出してきたのは、古びた書物だった。

「これは……？」

「月の姫の伝承について書かれた書物だ。代々王家に伝わる書物だが、お前も読んでおいた方がいいだろう」

ライラの小さな手の上に、ずしりと書物がのせられる。革の表紙に丁寧な刺繍《ししゅう》がほどこされた立派な本だ。題名は記されていないが、一見して価値のある重要な書物だとわかる。ライラは恐る恐るアレンを見上げた。

「こんな大事なものを、私がお借りしてよろしいんですか？」

「ああ。誰かに読まれてこそ、本の価値があるというものだ。それに、お前にはその本を読む資格がある。遠慮なく受け取れ」

アレンは優しくそう言うと、戸惑うライラに頷いてみせた。

慎重に表紙を開き、軽く中身に目を通してみる。内容は難しそうだが、時間をかければライラにも読めそうだ。

「ありがとうございます。心して読みますね」

これを読めば、ぼんやりとしかわかっていない『月の姫』についてもっと知ることができるかもしれない。ライラはしっかりと書物を胸に抱えてアレンに感謝を伝えた。

アレンは頷きながらライラの頭を優しく撫でてくる。

「だが、あまり無理をするなよ。身体を壊しては元も子もないのだから」

「先生にも、同じことを言われました」

「まあ、それだけお前が努力しているということだろうがな。俺のために努力しているライラは、誰よりも可愛い」

目を細めて微笑んだアレンにそう囁《ささや》かれ、ライラはぽっと頬を赤らめた。

「そんなお前も愛しいが……俺と過ごす時間も忘れないでもらいたいな」

どこか拗《す》ねたような言い方に、ライラはぱちぱちと瞬《まばた》きを繰り返した。そんなライラの肩に手を置くと、アレンはふわりと包み込むようなキスをしてくる。

「お前と一緒に過ごす時間が何よりも楽しみだったのに、最近それが少し足りていない」

「アレンさ……」

アレンは言葉の途中でライラに唇を重ね、隙間から舌をねじ込んできた。

今ライラが一番しなければならないことは、教養を身につけること。だから、どんなに会いたくても、今はアレンと会うのを控えなくてはいけないと思っていたのだ。

しかし、内心では、寂しさを募《つの》らせていただけに、アレンの言葉は嬉しくてたまらなかった。

いつもより少し乱暴な舌使いさえも愛しく思え、ライラは夢中でその動きに応えた。しばらくするとアレンの唇が名残《なごり》惜し気に離れ、ぎゅうっと抱きしめられる。

彼の感触や香りを感じようと逞《たくま》しい胸に頬を寄せると、アレンがふと口を開く。

「明日、少し出かけないか?」

ライラは驚いて彼を見上げた。だが次の瞬間、また貴族のパーティーだろうかと思って表情を曇らせると、それに気づいたアレンが首を振る。

「その、二人だけだ。まあ、護衛の者がつくのは仕方ないが……」

「二人だけ？　私たちだけで、どこへ行くのですか？」

アレンは照れくさそうに微笑み、ライラの頬を撫でた。

「城から少し離れたところに、美しい湖がある。王家の所有地だから、誰かに邪魔されることもない。そこへ行かないか」

二人だけで出かける――もしかしてそれは、デートというものだろうか。

ライラがぱっと表情を輝かせると、アレンもまた嬉しげに笑った。

「ずっと家庭教師についてがんばっているのだろう？　俺もお前も骨休めが必要だ。違うか？」

いたずらっぽくそう言われ、ライラは思わず頬を緩《ゆる》める。

「その顔を見れば、問題ないようだな。それでは明日、迎えにくる。今日はゆっくり休め」

アレンは去り際に、もう一度ライラの唇を味わってから静かに部屋を出て行った。

（アレン様と二人だけで、出かけられるなんて！）

ライラは飛び上がりそうな喜びを抑え、思わずベッドにぼふんと倒れ込んだ。

ブルーノの屋敷にいた時、年頃の使用人がお休みの日にデートだと言って着飾り出かけていたのを思い出す。

明日は久しぶりにゆっくりアレンと話ができると思うと、嬉しかった。

ライラはアレンに渡された本をしっかりと胸に抱きしめながら、今日は丹念に身体を磨《みが》いておこうと心に決めた。

翌朝。アレンと出かけると侍女たちに伝えると、大層喜んでライラを可愛らしく着飾ってくれた。パーティーとは違い、豪奢《ごうしゃ》なドレスを着る必要はない。なるべく軽装でとお願いすると、黄色いチェック模様のシンプルなドレスを用意してくれた。

「お外に行かれるのなら、髪の毛も軽くまとめた方がいいですね」

そう言って手早く三つ編みにされた髪には、可愛らしい花飾りをつけられる。

まるで着せ替え人形みたい、とザラは笑ったが、実際出来上がった姿は度が過ぎるほど可愛らしくて、ライラは鏡に映る自分を見てまごついてしまった。

「とってもよくお似合いですわ。きっと陛下もライラ様に惚れ直してしまいますわよ」

侍女の一人がそう胸を張った。

「湖に行かれるのなら、お弁当も必要ですわね。すぐに食堂へ行って用意してもらいましょう」

「ねぇ……なんだか皆楽しそうね」

楽しそうな侍女たちの様子が不思議で、ライラは傍《かたわ》らにいたザラに問いかける。

「ふふっ。人の恋路は見ているだけで楽しいものよ。それに、皆ライラとアレン様に幸せになってほしいんだわ」

そう教えられ、ライラは頬を赤らめ照れ笑いをした。

準備を終えたライラが、そわそわと部屋の中を歩き回り鏡で何度も自分の姿を確認する。その様子を温かく見守っていた侍女の一人が、廊下を覗《のぞ》き急いでライラに告げた。

「陛下がお見えになりました！」

途端に、心臓がドキッと跳ねる。

「準備はできたか？」

動きやすい軽装に身を包んだアレンが部屋にやって来た。アレンは、ライラの姿を見た瞬間、動きを止める。

やっぱりこんな可愛らしい格好はライラに似合わないのだ。思わずこの場から逃げ出したくなったライラとは逆に、侍女たちはニヤニヤして顔を見合わせている。

「ささっ、ライラ様！　どうぞ前へ」

侍女たちに寄ってたかって背中を押され、おずおずとアレンの前へ進み出る。

「いかがですか、陛下」

「よくやった」

侍女の言葉にアレンは満足そうに頷くと、ライラに手を差し伸べてきた。

「行くぞ」

差し出された手をそっと握り、ライラは満面の笑みを浮かべる侍女たちに見送られながら城を後にした。


小さくて可愛らしい馬車に乗り込んで向かった先は、透き通るほどに澄んだ湖だった。

「わあ……！」

湖を見たのは初めてだった。川のようだと一瞬思ったが、川とは違って流れていない。静かに陽の光を反射してキラキラと輝き、まるで大きな鏡のようだ。

馬車を少し離れた所に停め、二人は手を繋《つな》いでゆっくりと湖まで歩く。爽《さわ》やかな風が吹き抜け、自然と顔には笑みが浮かんだ。

ひとしきり景色を楽しんでから、平らな芝の上に敷布を広げて腰を下ろす。するとアレンが甘えるようにライラの膝へ頭をのせてきた。

頬を赤く染めながらも、ライラはそっとアレンの髪へ手を伸ばす。さらさらと、手触りのいい金色の髪を梳《す》いた。

「……人に頭を撫でられたのは、いつぶりかな」

「おいやでしたか？」

いや、と小さく呟《つぶや》くと、アレンは静かに目を閉じた。

遠くから鳥のさえずりが聞こえる他は、何の音もしない。ポカポカと暖かな陽射しを浴びながら、ライラはゆっくりとアレンの髪を撫で続ける。

まるで時が止まったかのように、穏やかで静かな時間が流れていた。

「……お前が拾われた時の話だが」

眠っていたかと思っていたアレンが唐突に口を開き、ライラは彼の髪を撫でる手を止めた。

「ブルーノに拾われたと言っていただろう？　だが……お前は捨てられたわけではなかったようだ」

「……え？」

思いがけない言葉に驚き、ライラはアレンの話の続きを待つ。

「クレイグに調べさせていたんだが……お前のいた街から少し離れた場所に小さな村がある。そこで、銀色の髪の赤ん坊が生まれたとの記録が残っていた。詳しく調査させたところ、あまりに美しい銀髪だったために、その赤ん坊は窃盗団《せっとうだん》にさらわれたということだった」

聞かされた内容に、ライラは声が出なかった。

「酒に酔ったブルーノが、一度だけ愛人に漏《も》らしたことがあったらしい。馬車から落ちてきた銀髪の赤ん坊を拾ったと。お前は捨てられていたのではなく、おそらく窃盗団の馬車から転げ落ちたのだろうな」

アレンの話によれば、夜更けに酔っぱらったブルーノが屋敷へと帰る道すがら、馬車から何かが転げ落ちるのを目撃したのだという。金目のものかと近づいてみれば、銀色の髪をした赤ん坊だったらしい。

そこから先はお前の知っている通りだと言われ、ライラは黙り込んだ。

「できればお前の本当の両親を見つけ、会わせてやりたいと思ったのだが……」

アレンはそこまで話すと、顔を曇らせた。

「銀髪の赤ん坊の両親は、数年後に揃って流行病《はやりやまい》で命を落としたということだ。子を奪われた悲しみでかなり気落ちしたせいで、病に打ち勝つことができなかったらしい。気の毒なことだ」

両親には、もう会うことができない――

かなり衝撃的な事実ではあったが、ライラの胸には同時にほんわりと温かい感情も広がっていた。

自分はずっと捨てられたと思ってきたが、そうじゃなかったのだ。

「調べてくださって、ありがとうございました」

「いや、肝心なところで力になれず、すまないな。それに、はっきりさせないと、あの男の処遇にも影響するからな」

アレンは笑いながら、むくりと身体を起こした。

ライラが王宮に来てからしばらくして、ブルーノは領主としての地位を剥奪《はくだつ》されていた。王家に対して偽りの月の姫を差し出そうとしただけではなく、脱税に加え白銀花《はくぎんか》の無許可販売――。他にも、ブルーノの悪事はボロボロ出てきたという。

ブルーノの領地は、今は王家の管理下に置かれているそうだ。ブルーノたちは、領地を追い出されるわけではないが、民と同じ生活をしているらしい。プライドの高いあの父娘《おやこ》にとっては、さぞかし耐えがたいことだろう。

ブルーノに拾われなければ、ライラは命を落としていたかもしれない。恩を感じていないわけではないが、彼らの犯した罪を聞けば仕方がないようにも思う。

ライラがぼんやりしていると、アレンにつっと髪を引かれる。アレンはライラの白銀の髪を手に取ると、そっと唇をつけた。

髪の先に触れられただけなのに、なぜかライラの背筋がぞくっとする。

「……っ、そ、そろそろお昼ご飯にしましょうか！」

ライラは焦って侍女たちが持たせてくれた軽食の入った籐《とう》の籠《かご》を手繰《たぐ》り寄せ、いそいそと蓋《ふた》を開けた。

「わぁ……！」

そこにはとても二人では食べきれないほどの料理が、ぎっしりと詰め込まれていた。

野菜とローストビーフを挟んだサンドイッチに、卵をたっぷり使ったキッシュ。ふかふかの白いパンに、こんがりと焼けたとうもろこしのマフィン。デザートには真っ赤なイチゴのタルトと、ライラが好んで食べるバターをたっぷり使ったマドレーヌまで入っている。

「見てください、アレン様！」

そう言って顔を上げたライラのすぐ目の前に、アレンの真剣な顔があった。

「あ……」

驚いて動きを止めたライラの唇に、アレンが唇をつける。

「ランチよりも……今はお前を食べたい」

「こ、ここで……ですか？」

「馬車も遠くに停めてきた。護衛の御者《ぎょしゃ》はあそこから動くはずがないし、誰もここへは来ない」

だめか、と尋ねてくる声が掠《かす》れている。その声を聞くと、どうしようもないくらいライラの胸も高鳴ってしまう。最近は勉強に追われる毎日を送っているせいでアレンと一緒に過ごすことが少なくなっていた。

寂しいと思う暇すらなかったが、時折夜中に目を覚まして身体の疼《うず》きを感じたことは一度や二度ではない。

昨日ライラの部屋を訪れたアレンが、共に過ごす時が足りてないと言ったのを思い出す。ライラが彼の温もりを恋しく思うのと同じく、アレンも自分を抱きたいと思っていてくれたのだろうか。

「は、い……」

ライラは顔を真っ赤に染めながらも、小さく頷いた。

草の上にふわりと敷いた布の上に、ライラはそっと身を横たえた。アレンがその上に覆いかぶさってきて、やや性急にドレスの前を開けられる。

「あっ……アレン様、その……っ」

その様子に慌《あわ》てて声をかけるが、アレンは陽射しの下、露《あら》わになったライラの胸にためらうことなく顔を寄せる。

「はっ、あぁぁ……っ」

舌が胸の頂《いただき》に触れたかと思うと、ちゅうっと吸い上げられる。アレンは口腔に含んだ頂を舌の先で何度も突《つつ》きながら、手の平で大きく胸を揉《も》みしだく。いつもと違って、どこかアレンに余裕がないように感じる。どうしたのだろうと思いつつも、与えられる愛撫に身体が反応し始めていた。

「ライラ……ああ、なんて甘いんだ」

アレンはそう言いながら、ライラの胸や鎖骨を舌で舐《な》め上げていく。彼の手はドレスをまくり上げ、ライラの太腿をゆっくりと撫で始めた。

くすぐったさを感じて軽く身をよじるが、アレンの手にがっちりと身体を押さえつけられる。そうして押し付けられたアレンの下腹部は既に硬く張りつめていた。ライラの脚の奥もじわじわと潤《うる》みだす。

ライラがアレンのものを意識しているのがわかったのか、より一層身体を近づけられる。さらにアレンは、ライラの手を取り自身の下腹部へと導いた。

「ライラと二人きりになると……こうなるんだ」

「本当、ですか……？」

ズボン越しに触れた彼のものは、くっきりと形がわかるほどに硬くなっていた。ライラがそっと指で輪郭をなぞると、アレンの目が心地よさそうに細められる。

その様子はいつものアレンと違い、なんだかひどく可愛らしく見えた。

いつだったか、クレイグに彼の安らぎであってほしいと言われたこともあって、ライラは彼を甘やかしたい気持ちでいっぱいになる。

その間にも、ライラの脚を撫でていた手が、下腹部へと辿《たど》り着いた。そのまま繁《しげ》みを分け入り、既に潤み始めた秘所へ指を差し込まれる。

「ああ、ライラも同じなのだな」

そう言われると恥ずかしくてたまらなくなった。アレンは妖《あや》しい笑みを浮かべ、指を動かし始める。

静かな湖畔に、くちゅくちゅと淫《みだ》らな水音が響き始めた。

「あ……あ、ふ……やぁっ」

「嫌ではないだろう？」

アレンは指を動かしながら、ライラの耳に唇を寄せてぞろりと舐《な》め上げる。

「ふぁっ、あ……で、も」

「誰もいないんだ。ライラの……本当の気持ちを教えてくれ」

低い声が、そう強請《ねだ》った。いつもとは違う外での行為に、ライラも開放的な気持ちになっているのだろうか。普段なら恥ずかしくて口に出せないようなことを、強請られるままに口にしていた。

「あっ……ア、アレン様の、指……いいっ」

そう口にすると、アレンは蜜をたっぷりとまとわせた指で蕾《つぼみ》を何度も撫でる。

「あぁ……そこ、そこを触られると、おかしくなっちゃう……っ」

甘い声を上げ、ライラはさらなる愛撫を求めて腰を揺らした。

「はっ、あ、ああ……気持ち、いい……っ」

感じるままに声を出すと、アレンの息も上がっていく。

「ライラ……すごく濡《ぬ》れている。どんどん溢《あふ》れてくるぞ」

たまらないと言った様子でアレンがライラの唇に吸い付いた。ぴちゃぴちゃと音を立てて舌を絡《から》ませる。さらに唾液を交わらせるように何度も深く唇を重ね、口腔を舌で探《さぐ》り合う。

「は……っ、あ、ああ、ん、んんっ……はぁっ」

キスの合間に忙《せわ》しない息を吐きながら、それでもライラは彼から唇を離したくなかった。角度を変えて何度もキスを強請る。

「珍しいな。そんなに……好きか？」

ほんの少しだけ唇を離し、額を触れ合わせた距離でアレンが問いかける。口付けのことを指しているのだとわかった。ライラは頬を赤らめ、美しいエメラルドの瞳を見つめる。

「はい……好き。好きです……」

告白でもしているようで恥ずかしくなったライラが目を伏せると、顔中にキスの雨が降ってくる。同時に秘所も散々弄《いじ》られ、ライラはもう限界だった。

「アレン様……もう……っ」

「もう、なんだ？」

絶対にわかっているはずなのに、アレンがにやりと目を細めながら言う。

ライラは羞恥《しゅうち》に頬を染めたが、身体をさいなむ疼《うず》きが恥ずかしさを上回りそうになる。けれど、自分ばかり、彼を欲しがっているようなのはなんだか癪《しゃく》だ。

「アレン様だって……」

ライラはそう口にすると、硬く張りつめたアレンのものに再び触れた。その直後、彼の昂《たかぶ》りがビクンと跳ねる。

限界だったのはアレンも同じだったようで、ライラから身体を離すとズボンの前を開き、自身を取り出した。すでの硬く張りつめたそれは天を向いて大きくそそり立っている。それを見たライラの喉がこくんと鳴った。

「ライラ。これが欲しいのなら……脚を開いて、俺の上に跨《また》がれ」

アレンはそう言うと、そのまま胡坐《あぐら》をかいた。

「え……」

ライラが言葉の意味を計りかねていると、腰を抱えられ彼の上に座るよう促《うなが》される。

「ほら、こうやって」

脚を開いて彼を跨いだライラの秘所に、ぴたりと硬いものがあてがわれた。けれど、先端が当たるだけで一向に入ってくる様子はない。

「欲しいのなら……自分で腰を下ろすんだ」

ようやく彼が求めていることがわかったライラは、顔を真っ赤に染め上げた。

「そんな、こと……っ」

「だったら、ずっとこのままだぞ?」

アレンの口角は、妖《あや》しく歪《ゆが》む。陽はまだ高く、涼しい風がライラの脚をすうっと撫でていく。だがその心地いい風は、ライラの身体を渦巻く熱を冷ますほどではない。

「アレン様……」

恥ずかしさに、ライラはアレンを潤《うる》んだ瞳で見つめる。だが、彼はそれ以上動いてはくれないようだ。ライラは身を震わせると、思い切って少しだけ腰を落とした。

「あ、あ……っ」

ライラの秘所がずぶずぶとアレンを呑み込んでいく。その光景をアレンは興奮した様子で眺めていた。

「もっとだ」

「は、い……ん、あぁぁっ！」

覚悟を決めたライラは一気に腰を落とす。あまりの圧迫感に一旦腰を上げようとすると、すぐさまアレンがぐっと腰を押さえつけた。

「ライラ、そんなに淫《みだ》らな姿を晒《さら》して……それほど俺が欲しかったのか？」

かあっと頬が熱くなったが、事実なだけに否定できない。恥じらうように頷いたライラを、アレンは強く抱きしめその胸に貪《むさぼ》りついた。

「あ、あああああっ！」

同時に、下から腰を突き上げライラの中を激しく貫く。

「あ、ん……っ、あ、あ、あああっ！」

突き上げられると同時に胸の頂《いただき》を舌で転がされ、ライラは高い声を上げた。ドレスは脱げかけ、アレンが貪りつく豊満な胸がすっかり露《あら》わになっている。

やや子供っぽくも見えた黄色いドレスは、今日のライラによく似合っていたが、こうして乱された大人の顔を覗《のぞ》かせているとひどくアンバランスに映る。けれど、それがまたアレンの欲情を煽《あお》っていくようだ。

「ライラ……！」

夢中でライラの胸に吸い付くアレンの頭を、ライラは抱きしめた。こうしていると、彼への愛しさが溢《あふ》れてたまらなくなる。

繋《つな》がったところから絶えずぐちゅぐちゅと淫《みだ》らな音が聞こえてきて、ライラは喉を反らせて喘《あえ》いだ。

「ああんっ、は……ああっ、アレン様っ！」

「ふっ……お前も、好きなように動いてみろ」

アレンはそう言ったかと思うと、胸に口をつけたまま腰の動きを止めてしまう。

「え、やぁ……もっと……してぇ」

首をいやいやと横に振って訴えてみても、アレンは妖《あや》しく笑うばかりだ。硬く張りつめた欲望に貫かれじんじんとした痺《しび》れを秘所に感じながら、ライラは途方に暮れた。

「ほら。いつも俺がしているようにしてみろ」

そう促《うなが》され、ライラは恐る恐る腰を動かす。どう動いていいかわからず腰をくねらせるようにすると、段々と自分の気持ちのいい場所がわかってきた。

「あ……は、あ……っ」

根本までアレンの昂《たかぶ》りを呑み込み、物足りなくて腰を揺らす。蕾《つぼみ》を押しつぶすよう擦《こす》りつけると、無意識にきゅうっと中が締まった。

自分で動くほど、もっと強く奥を貫き抉《えぐ》って欲しくなる。ライラはいつの間にかアレンの首に腕を回して自らの身体を擦りつけていた。

「ああぁっ、あ、あンっ！」

「気持ち、いいか？」

そう尋ねられ、ライラは何度も頷く。

アレンは舌を覗《のぞ》かせちろりと上唇を舐《な》めると、ライラの細い腰を掴《つか》んで突き上げるように昂りをねじ込んできた。

「あああぁぁ……っ、あ、い、いい……っ、気持ち、いいっ！」

恥ずかしさも吹き飛ぶくらいの快感に声を上げると、アレンはさらに強く攻めたててきた。

「ん、ん、んんっ！　ああ、アレン様ぁ……そこ、いいの……っ、ああン！」

そよそよと風が二人の間を吹き抜ける度、ここが外であることを意識してしまう。けれどいつもとは違う場所で交わり合っていることに、興奮しているのもまた事実だった。

草の上に布を広げただけの場所。そしてアレンに自ら跨《また》がり腰をくねらせ、快感に悶《もだ》える——

夜の寝室とは違う昼間の明るい陽の下での行為は、なんとも刺激的で燃え上がった。

「ああ……ライラ、俺のライラ。こんなに乱れて、たまらない……っ」

アレンは油断すればあっという間に爆《は》ぜてしまいそうな昂りを、無心に打ち付ける。ライラも、いつもよりも早く絶頂の波が訪れるのを感じていた。

「アレン、様……っ、もう、だめ、あ、あっ、いい……！」

ライラは短い息を吐きながら、アレンにそう訴えた。

「もっと、もっとしてぇ……奥、に、くださ、いっ」

ざわざわと無意識に中が蠢《うごめ》くのを感じながら、アレンの首に縋《すが》りつく。太い先端が膣壁を抉《えぐ》る度にきゅうきゅうと内部が締まり、早く熱い精を受けたくてたまらなくなった。

「そんな、に、締めるな……」

低く呻《うめ》いたかと思うと、アレンが猛然と腰を動かす。激しい動きにライラはあっという間に快楽の波にさらわれた。

「あ、だめ……っ！」

奥に欲しいと強請《ねだ》った通り、より奥へと太い滾《たぎ》りを突き入れられる。アレンはライラの両脚を抱え込み敷布の上に寝かせると、さらに激しく腰を打ち付けてきた。ライラは身体を震わせながら、もっと深く繋《つな》がろうと彼の首へと手を回す。

「あ、あぁぁ……っ、きちゃう……っ！」

ずんずんと腰を打ち付けられ、ライラは銀色の髪を振り乱して声を上げた。子宮口まで届きそうなほど深くねじ込まれ、ライラは四肢を痙攣《けいれん》させ達した。

「ア……ッ、あああああっ……！」

背中を弓なりにしならせ、体内をきゅうっと締め上げる。するとアレンもまた昂《たかぶ》りをドクンと跳ねさせ、より奥まで先端を押し込んだ。

「く……っ、あぁ、だめだ……っ」

そう呻いたかと思うと、アレンは勢いよく先端から熱いものを噴き出させた。絶頂の余韻で身体をびくびくと震わせながらも、ライラはそれを搾《しぼ》り取るように体内を蠢《うごめ》かせる。

アレンの精で内部が満たされていく感覚に、ライラは幸せを噛み締める。注《そそ》がれたものが彼の子種であることは、最近家庭教師から習ったばかりだった。

ライラの中に精を放ったアレンが、荒い息を吐きながらライラの身体の上に倒れてきた。シャツ越しに熱い体温を感じる。

「くそ……もっとライラの乱れた姿を見せてもらうつもりが……いつの間にか、俺の方が」

なんだか悔しそうにアレンは呻いていたが、目が合うと微笑んで軽いキスをしてくれた。そして、大きな手でライラの髪をゆっくりと撫でる。

「お前とこうしていると、気持ちが落ち着く。俺にとって一番安らぐ時間だな」

ぽつりとそう呟《つぶや》かれ、ライラの胸は喜びでいっぱいになった。

「嬉しいです。アレン様に、そう思っていただけるなんて……」

ライラも手を伸ばして彼の髪を撫でながら、その頭を優しく抱きしめる。

「ライラ。早くお前を正式な王妃にして……毎晩、一緒の部屋で眠りたい。飽《あ》くほどお前を抱いて、俺のものだという実感が欲しい」

それを、愛の告白と受け取っていいのだろうか。アレンの頭をかき抱いたまま真っ赤になり、なんて答えればいいのだろうと考えあぐねていると——ぐーっと鈍い音がすぐ近くで聞こえた。

「あー……ブチ壊しだな」

「アレン様……あの、お腹、すきましたか？」

「それはそうだろう。これだけ動けば、腹も減る」

ほんの少し頬を染めたアレンが、投げやりに言うと身体を起こした。

「まあ、いい。せっかくこんなにたくさん用意してくれたのだから、食べるか」

笑ってそう言うと、ライラに手を差し伸べて起こしてくれた。アレンはまだ赤い顔をしているライラに軽くキスをすると、ゆっくりと抱きしめる。

「俺の気持ちを疑うな。お前は俺の伴侶になる女だ。それを、忘れるな」

「……はい」

ライラはアレンからのまっすぐな告白が泣き出しそうなほどに嬉しくて、彼の背中をぎゅっと抱きしめ返した。


アレンと出かけた日から数日経った。今日は家庭教師の授業は休みだが、ライラは朝から机に向かって書物を読んでいる。

読んでいるのは、アレンから渡された『月の姫』に関する書物だ。それほど厚くはないが、現在ではあまり使われていない古い文字が混じっているため読むのに時間がかかる。

しかし、この書物を読み進めるうちに新たにわかったことがあった。それは、月の姫には『再生の力』があるということだった。

ライラは改めて自分のこれまでを思い出してみる。すると、ちょうどザラがお茶を運んできてくれたので、幼い頃のことを尋ねてみた。

「再生の力……」

ザラは何かを思い出すように顎《あご》に手を当てた。

「うん。たとえば涸《か》れてしまった泉に再び水が湧くとか、荒れ地の食物が育つようになるとか……特に力の強かった姫だと、死にかけていた者の傷を治したっていう記録もあるみたい」

そんなすごい力が、本当に自分にも備わっているのだろうか。

「そうねぇ、ライラがブルーノ様の屋敷に来た頃から、あの辺りの気候が安定したわね。水害もなくなったし。それにこの城でも、ライラが来てから不思議な出来事が起こっていると噂されているわ」

「……知ってる。でもそれ、私が直接何かをしたわけじゃないから、どうにもピンとこなくて」

困ったように俯《うつむ》いたライラの傍に静かにお茶を置くと、ザラは優しく背中を撫でてくれた。

「心ないことを言う人だっているかもしれないけれど……あまり気にしてはダメよ。それにたとえライラが意識していないとはいえ、ライラが来たおかげで不思議なことが起こって、それで助かっている人がいるならいいじゃない？」

ザラがそう言ってくれると、少し心が軽くなる。

「今日は勉強はお休みだと言われているのに、こうやってがんばっているじゃないの。そんなライラのことを、ちゃんと見ている人だっているのだから」

「うん……ありがとう、ザラ」

部屋を出て行ったザラと入れ替わりに、クレイグが封筒の束を携《たずさ》えてライラの部屋を訪れた。

「私に手紙？」

首を傾《かし》げながら受け取ると、それらは全て貴族の令嬢たちからの招待状だった。

「招待状……!?　どうして私に？」

先日の催しの席で令嬢たちから向けられた蔑《さげす》みを思い出し、ライラは表情を硬くした。

「純粋に月の姫とお近づきになりたい……ってわけではないですね。残念ながら」

ため息をついたクレイグと一緒にひとつひとつ封を開けていきながら、その数の多さに驚く。

「どうしよう……こんなにたくさん」

気が遠くなりかけたライラに、クレイグがひとつの提案を持ちかける。

「確かに、この招待状全てに応じるのは無理でしょう。そこで、この招待状を出してきた令嬢たちを、全て城に招くというのはどうですか？」

「そんなことをして、失礼にあたりませんか？」

「ええ。あなたは未来の王妃となるお方ですからね。ただ断るだけなら角が立ちますが、逆にライラ様が主催する茶会に招待するとなれば問題ありません」

できるならもうあまり会いたくないけれど、こうした貴族との付き合いは王族として生きていくなら避けられないと授業で教えられていた。深く息を吐いたライラは、覚悟を決めて顔を上げる。

そしてまっすぐにクレイグを見つめた。

「わかりました。クレイグ様……ご協力いただけますか？」

そう言って頭を下げると、クレイグは楽しそうに目を細めた。

「もちろんです、ライラ様。せっかくですから、派手にやっちゃいましょう」

それからライラは、勉強と並行して貴族令嬢たちを招く茶会の準備を行《おこな》った。茶会と言っても、ただ和《なご》やかに皆でお茶を楽しむわけではない。主催者のライラは招いた彼女たちを満足させて帰さねばならないのだ。

当日用意する茶葉の銘柄から菓子の種類まで、クレイグの助言をもとに厳選していく。城で茶会が開かれるのは久々らしく、侍女たちまでもが張り切って手伝ってくれていた。

「こうやって皆がライラ様に協力的なのは、ここ最近のライラ様の努力が大きいですね」

最後の打ち合わせをしている時クレイグにそう言われ、ライラは招待客の名前や特徴の書かれた名簿から顔を上げた。

「私の？」

「ええ。城に来た頃は部屋に閉じ籠《こも》っておられることが多かったですが……今は陛下にふさわしい人となるべく毎日何時間も勉強をして、城の皆とも打ち解けようと努力なさっている」

確かに最近のライラは、なるべく城内を歩く時間を持つようにしていた。それは、上に立つ人間こそ城内の動きをきちんと把握する必要があると教師に教えられたからだ。政務の忙しい国王には、その時間が持てないことが多い。そうなると、その役目は王妃に回ってくるという。

人前に出ることは苦手だったが、自分がアレンの役に立てるなら……と勉強の合間にザラや他の侍女たちについてきてもらい、庭や食堂などあらゆるところに顔を出した。

「月の姫は、やっぱりこの国の者にしてみたら特別な存在なんです。そんな方を間近に見て、気さくに声をかけてもらえたら嬉しいですよね。皆、陰では、月の姫であるあなたのことを認め始めているんですよ」

「そ、そうなの……？」

思いがけないことを聞かされて、ライラは思わず顔を赤くして俯《うつむ》いた。

「必ず、明日の茶会を成功させましょう。アレン様のためにも」

ライラが貴族たちに認められれば、それはアレンのためにもなる。クレイグの言葉に力強く頷くと、ライラは再び名簿を手に取った。


茶会当日。ライラは、内心の緊張を隠して穏やかに微笑み、令嬢たちを迎えていた。ライラの今日の装いは、群青色の落ち着いた風合いのドレスだ。胸元が詰まった控えめなデザインながら、さりげなく宝石が埋《う》め込まれている。一見すると地味に見えるかもしれないが、目の肥えた人であればその洗練された美しさに気づくだろう。

「本日はお招きいただき、ありがとうございます。月の姫君様」

そう言ってライラに近づき微笑んだのは、先日ライラにワインをひっかけた伯爵令嬢だ。確か、マーソン伯爵の娘でダイアナという名前だと名簿に書かれていた記憶を引っ張り出す。

ライラはすうっと小さく息を吸い込むと、背筋を伸ばし優雅な笑みを浮かべた。

「ようこそいらっしゃいました。ダイアナ様」

ダイアナはライラが名前を呼んだことに一瞬怯《ひる》んだが、すぐに艶然《えんぜん》と微笑んでみせた。

「まあ、今日は随分と地味なお色のドレスですこと。それなら、また飲み物を零《こぼ》されても目立ちませんわね」

ダイアナの言葉に周りにいた数人の令嬢がくすくすと笑う。だが、中にはその様子を冷静に見つめている者たちもいた。おそらく彼女たちは、ライラが纏《まと》ったドレスの価値を見抜いているのだろう。

ライラはくすくすとしのび笑う彼女たちに対して、悠然と微笑み返した。

知識は、身を守る鎧《よろい》となる。

そう教えてくれた家庭教師の言葉の意味がよくわかった。

何も知らなかったあの時とは違う。そのことを彼女たちに証明するために、ライラは胸を張って前を向いた。

「お茶とお菓子をご用意しております。こちらへどうぞ」

ライラは先頭に立って令嬢たちをサロンへ案内する。扉を開けた瞬間、彼女たちはわあっと歓声を上げた。

ライラはクレイグや城のシェフと相談して城で作るものの他に、王都で流行している菓子や、他国から取り寄せた珍しい菓子を用意した。きらびやかで美味《おい》しそうな菓子を前に、令嬢たちは笑みを浮かべいそいそと席につく。

それを見計らって、クレイグが香りのいい茶葉で淹《い》れた茶を運んできた。本来なら侍女がするべき仕事を、王の側近である彼自ら買って出てくれたのだ。

「どうぞ」

とびきりの甘い笑顔で令嬢たちの前にカップを置いていくクレイグの姿に、彼女たちの視線は釘づけになった。

「さあ皆様、どうぞお召し上がりくださいな」

ライラの声を合図に、令嬢たちはお茶や菓子を次々に口へ運ぶ。そこから漏《も》れるのは、どれも賞賛の声ばかりだった。

「まあ……このケーキ、なんて柔らかくてお上品なお味」

「こちらのふわふわと綿のようなお菓子は、なんというのかしら？」

「それはサマルド国から遠く離れた異国のお菓子で、ピシュマニエというものです。皆様のために特別に取り寄せましたの」

女性は皆、甘い物と新しい物が大好きだ。クレイグからもそこは抜かりなくと言われていたが、その通りだった。美味《おい》しいお茶とお菓子を前にすると、誰もが幸せな気持ちで笑顔になる。自然と会話もはずんだ。

「ライラ様の髪の色、本当に素敵ですわ。今日のドレスの色によく映えて……それに、そのドレス、もしかして今王都で人気の工房で仕立てた物ではなくて？」

「まあ、キャサリン様。よくお気づきに……」

「私のことはどうぞキャシーと呼んでくださいな。先日私もあちらでドレスを注文したばかりですの。ですから、すぐにわかりましたわ」

馬鹿にしたドレスが一流品だったと知り、ダイアナの顔がさっと青ざめたのが目の端に入った。

いつの間にか、ライラを中心に会話の輪が広がり、令嬢たちからうっとりと羨望《せんぼう》の眼差しを向けられている。

もう令嬢たちの視線や話しかけられる言葉に怯《ひる》むことはない。王都で人気の音楽やジュエリーの話など、むしろ年頃の彼女たちとの会話を楽しいとさえ感じる。

クレイグがライラにつけてくれた家庭教師たちは、皆一流の立派な人ばかりだ。アレンのためにと熱心に学んできたライラは、もう人前で恥をかくことを怯《おび》える必要がないまでに教養を身に付けていた。

「さすが王家の菓子職人が作るお菓子は、どれも美味しいですわね」

「ありがとうございます。皆様に喜んでいただけて、彼らもきっと喜びますわ」

そつなく場をとりしきるライラに、ダイアナを始めとした一部の令嬢たちは苦々しい表情を浮かべていた。それに気づいてはいたが、ライラは微笑みを崩さないよう心がける。

ところがライラが隙を見せないことに業《ごう》を煮やした彼女たちは、ライラを貶《おとし》める別の方法を思いついたようだった。

彼女たちは、ライラの傍にぴたりと控えるクレイグに視線を合わせて口元に意地悪そうな笑みを浮かべる。

「さすが、お美しい月の姫のお傍に控える家臣ともなれば、随分と見目にもこだわっていらっしゃるのね」

「え……？」

一体何を言われているのかわからず目を瞬《またた》いたライラは、ダイアナたちの視線がクレイグに向けられているのに気づいた。

「この者が、なにか？」

「まあ、しらばっくれるのがお上手ね。やっぱり自分から陛下に取り入った方なだけありますこと」

きょとんとダイアナを見ていたライラは、ようやく彼女が自分とクレイグの仲を疑っていると悟って呆気にとられた。

「何を仰《おっしゃ》って……」

「随分と仲のよろしいご様子でしたものね。一体どんなご関係なのかしら？」

菓子やお茶を運ぶタイミングを、その都度《つど》耳打ちして知らせてくれていたのはクレイグだ。だからといって、まさかこんなことを言われるとは思ってもいなかった。

これは自分だけではなく、今日の茶会のために協力してくれたクレイグ、ひいてはライラを傍に置くアレンさえも侮辱する発言だ。

ライラはキッと表情を険しくして彼女たちを見据えた。

「私個人のことならともかく、根拠のないかんぐりで彼や陛下を侮辱するのはおやめください」

ライラが毅然《きぜん》と反論したことで、ダイアナは一瞬目を見開いた。

みるみるうちに表情を歪《ゆが》めると、ライラを睨《にら》みつける。

「あら、何かやましいことがあるから、そうやってムキになるのではなくて？」

「違います」

クレイグはアレンの腹心の部下で血の繋《つな》がった従兄《いとこ》だ。彼女たちはそれを知らないのだろうか？

「彼はアレン様の側近であると同時に、従兄です。そんな方に対してこのような……陛下がお聞きになったら、どう思うでしょう」

ライラが静かにそう告げると、ダイアナの顔が一気に赤くなった。

アレンの家臣という立場に身を置くクレイグだが、本来であれば王族としてもっと華やかな世界にいてもおかしくない人だ。中には当然クレイグを知っている令嬢もいて、ダイアナの発言に眉をひそめている。他の令嬢たちからの冷たい視線に気づいたダイアナは、険しい顔で立ち上がった。

「このっ……なんの身分もなく、月の姫を偽って陛下に取り入ったくせに！　こんな女が王妃になるだなんて冗談じゃないわ！」

そう叫んだかと思うと、ダイアナはつかつかとライラの傍まで歩み寄り、傍《かたわ》らに置いていた陶器のカップを床に叩きつけた。

「きゃあっ！」

床に叩きつけられたカップは、一度跳ね上がると壁に当たって砕け散った。

サロンに令嬢たちの悲鳴が響く。そんな騒然とするサロンへ、静かに姿を現したのはほかならぬアレンだった。

「陛下よ！」

「アレン様だわ」

国王直々《じきじき》の登場に、騒ぎを起こしたダイアナが凍り付く。

「随分騒がしいな」

「アレン様」

椅子から立ち上がり彼のもとへ駆け寄ったライラは、ふとアレンの頬から血が流れているのに気づいた。

「アレン様、血が……っ」

「ああ、どうやら飛び散った破片が当たったらしい。大したことはない」

アレンはなんでもない風にそう言ったが、ライラは青ざめて彼の頬へ手を伸ばした。自分が不用意にダイアナを刺激するようなことを言ってしまったから、関係のない彼がとばっちりを受けてしまった。

申し訳なさがこみ上げ、そっと血の流れる傷口に触れる。その時、なんだか身体の奥から不思議な感覚が湧き起こるのを感じた。彼と身体を繋《つな》げている時に感じるのと似たような、温かな光を身体の中に感じる。

「ライラ?」

ハッとしたライラがアレンから手を離すと、そこにあったはずの傷が跡形もなく綺麗に消えていた。

呆然とするライラの顔をアレンが怪訝《けげん》そうに覗《のぞ》き込んでくる。

いつの間にか、傍に控えていたクレイグがアレンの顔を見て驚いたように言った。

「傷口、綺麗になくなっていますね」

「なに？」

クレイグの言葉にアレンは自らの頬に手を伸ばした。傷ひとつない頬の感触に、アレンもまた驚いた表情を見せる。

「ライラ様、一体何をされたのですか？」

クレイグに驚愕しきった顔で見られ、ライラはしどろもどろに答えた。

「あの……わかりません。ただアレン様の傷口に触れた途端、なんだか温かい光みたいなものを身体の奥に感じて……」

「これもライラの力だろう」

アレンの言葉は、力強い確信に満ちていた。

固唾《かたず》を呑んで事態を見守っていた令嬢たちから、わあっと歓声が上がる。

「まあ……なんてことなのかしら。陛下の傷をあっという間に治してしまわれるなんて！」

「やっぱりライラ様は、月の姫君様なんだわ」

月の姫に対する憧れは、かつておとぎ話を聞いて育った彼女たちも当然持っている。

令嬢たちから興奮した面持ちで見つめられ、何が起きたのかわからないライラは目を白黒させた。

(傷口が消えた……本当にこれ、私がしたことなの？)

「し、失礼いたします！」

国王であるアレンを傷つけてしまったことで真っ青になっていたダイアナは、そう叫ぶと逃げるようにサロンから駆け出していった。今まで彼女を取り巻いていた令嬢たちも、さすがにその後を追うのはやめたようだ。

「どうやら、しっかりもてなしができているようだな。余計な手出しは無用だったか」

「ええ、陛下。どうぞご安心くださいませ」

アレンの言葉にライラが力強く応えると、彼は満足そうに頷いた。

「私はこれで失礼するが、皆は心置きなく楽しんでいってくれ。未来の王妃を、よろしく頼む」

アレンがにこやかにそう告げたのをきっかけに、再び茶会が再開された。


「無事、終わりましたね」

全てのお客様が帰るのを見届け、ライラは一気に脱力して椅子に座り込んだ。

クレイグもまたひと仕事を終えたような、満足そうな顔をしている。

「終わったか」

侍女から報告を聞いたアレンが、サロンに顔を出した。ほっと笑顔を返したライラとは裏腹に、クレイグはやや冷たい視線をアレンに向けた。

「今日は顔を出す必要はありませんと言ったのに、我慢のできない方ですね」

「城で開かれている茶会だ。俺が挨拶に顔を出したとて、何もおかしくないだろう？」

「ライラ様が一人で取りしきってこそ、意味があるんですよ」

クレイグはそう言うと、改めてライラに向き直った。

「よくがんばりましたね。この短期間で、マナーも教養もどこに出しても申し分ないほど身に付けられている。正直、驚きました」

クレイグにそう言われ、ライラはつんと目の奥が熱くなった。本当は、足が震えそうになるのを必死に堪《こら》えていたのだ。

「まさか、あんな事態になるとは思っていませんでしたが……結果的によかったのかもしれませんね。これで、ライラ様が月の姫であることを疑う者はだいぶ少なくなるでしょう」

アレンの傷口を治したことを思い出し、ライラはふと自分の手を見つめた。

「本当に……私が？」

「疑う余地はないだろう。あれこそが、お前の持つ再生の力だ」

傍に来たアレンに抱きしめられ、ライラは彼を見上げた。

「お前の手が触れた瞬間、温かな光のようなものが流れ込んでくるのを感じた。お前も、同じだろう？　お前は自分の力を疑う必要も、恐れる必要もない」

「アレン様……」

ライラは思わず彼の胸に顔を寄せた。

いつの間にかクレイグは席を外していて、ライラはぎゅっと彼の背に手を回す。

「今日の茶会も、家庭教師の授業と並行して準備を進めるのは大変だったろう。クレイグから全て話は聞いている。よくがんばったな」

一番認めてほしい人から労《ねぎら》いの言葉をかけられ、ライラは嬉しくてたまらなくなった。

「俺はどうも人付き合いが苦手というか面倒でな。俺のいたらない部分をお前がああやって補ってくれるのは、とても助かる」

ライラは今まで、足手まといだと、気味の悪い子供だと言われ続けて生きてきた。邪魔にならないようにと考えたことはあっても、自分が誰かの役に立てると思ったことはなかった。

「ここへ連れて来た頃は、自分を否定してばかりだったな。それが今は、お前が自ら考え努力し行動している。いい心がけだ。それでこそ俺の伴侶にふさわしい」

アレンに言われた言葉が、ライラの心にじんと沁《し》みわたる。

彼の力になりたい。彼にとって、有益な存在でありたい。

初めて実感した再生の力よりも、アレンの役に立てた喜びで胸が震える。

「私でも、アレン様のお役に立てますか……？」

「もちろんだ」

愛しいこの人に認められ、そして役に立てるのならなんて幸せだろう。

自分の努力でそれを掴《つか》み取れると知り、ライラは希望を感じた。

(月の姫として、アレン様と共に生きていきたい……)

誰かの役に立ちたいと強く思うことは、ライラにとって大きな成長の一歩であった。

5　陰謀と覚醒

令嬢たちを招いた茶会が無事終了してからも、ライラは慌《あわ》ただしい日々を送っていた。

家庭教師から学ぶことはまだまだあるし、親しくなった令嬢がライラを訪ねてくることも増えた。

城にいる家臣や使用人たちとも交流を持つようにしたため、一日があっという間に過ぎていく。

アレンもまた政務に追われ忙しいようで、このところは二人でゆっくり過ごす時間が取れないでいた。

そんな中、ライラの心を揺さぶる出来事があった。

ことの発端は、いつものようにライラの支度をしに来た侍女が何気なく零《こぼ》した一言だった。

「そういえば、また『月の姫』の噂が城に届いたみたいですね」

「……え？」

コルセットを締め付けられながら、ライラは目を瞬《またた》かせる。

「ああ、枯れた植物を蘇《よみがえ》らせるっていう銀髪の娘の噂ね。でも、ライラ様という月の姫が既にいらっしゃるのだから、また偽者でしょう？」

「本当よねぇ。場所は確か、コーリンっていう村じゃなかったかしら？」

「あら、そんな国境近くの村なのね。じゃあきっと、ライラ様のことはまだ知らないんですわ」

笑顔でそう言ってくれる侍女に、ライラは複雑な気持ちで頷いた。

「さあ、お仕度が終わりました」

「ありがとう」

微笑んで礼を言い、ライラは侍女たちを下がらせた。

――あなたは将来王妃になられるお方です。ならば、安易に動揺した姿を見せてはいけません。常に優雅に微笑んでいる必要があるのです。

家庭教師にそう教えられていたことが、幸運と言えた。

ここに来てわかったことだが、月の姫を名乗って王宮を訪ねてくる者はライラが思っていた以上に多い。

最近では、ライラのことが伝わったのか数は減ったが、まだ辺境など話の伝わっていない地域からやって来ることがある。

けれど……

「枯れた植物を甦《よみがえ》らせる銀髪の娘……」

民間には、月の姫が持つ再生の力については伝わっていないはずだ。

クレイグに聞いてみようか。彼なら何か知っているかもしれない。

微《かす》かな不安を胸に抱きつつ、ライラは家庭教師の授業へ向かった。

集中力を欠いたまま家庭教師との授業を終え、ライラは使った書物を戻すために城の図書室へ行った。

本棚の陰で別の書物を探していると、ライラの耳に男性の低い声が聞こえてきた。

「それなら一度、コーリンへ陛下が向かわれるということか？　月の姫を確認するために」

「ああ、念には念を入れて……ということらしいな。ライラ様との結婚が済んでしまってから間違いでしたとなっては、洒落《しゃれ》にならないのだろう」

ライラは思わず本を探す手を止めて息を潜《ひそ》める。昼間に侍女から聞いた、月の姫が現れたという噂の村も、確かコーリンという村だったはずだ。

「しかしなあ……ライラ様が月の姫で間違いないんだろ？　城の皆にも慕《した》われて、貴族たちへのお披露目も済んでいるというのに今さら……」

「でも、今回はライラ様の時と同じく、不思議な現象が続いているというからな。万が一のことを考えて確認が必要なのかもしれない」

（不思議な現象……？）

ライラの胸に、言いようのない不安が湧き上がってくる。

「もしかしてさ、月の姫は一人じゃなくて何人も現れるんじゃないか？　だとしたら陛下が羨《うらや》ましいなあ」

「バカ言うな。一夫一婦制のサマルド国で月の姫が二人なんてあるものか」

家臣とおぼしき二人は笑いながら、図書室を出て行った。本棚の陰で息を潜めていたライラは、静かに深く息を吐き出す。

いつもの偽者だと笑いとばしてくれた侍女とは違い、今聞いてしまった話はやけに具体的でひどくライラを動揺させた。逃げるように自室に帰った後も、不安でたまらなかった。

長い一日を終え、侍女を下がらせたライラは一人ベッドの上に座る。

こんな日に限ってクレイグは不在で会うことができなかった。

今回も偽者に違いない。そう思う反面、胸に芽生えてしまった不安を消すことができないでいる。

アレンの顔が、見たくてたまらなかった。

アレンにふさわしい人間になろうとすればするほど、勉強や人々との交流に時間を奪われ彼と過ごす時間が減っている。

まだ正式には言われていないが二人の結婚式の話も進んでいるらしいが……。嬉しいこととはいえ不安が募《つの》っていくのも事実だった。

(アレン様は、本当に私でいいのかしら。今回のことを、どう思っていらっしゃるのかしら……)

彼に直接会って、大丈夫だと笑い飛ばしてほしかった。

そしていつものように情熱的にライラの身体を求め、何も考えられなくなるほど満たして欲しかった。

会いにいってもいいだろうか。

普段であればそんな大胆なことはできないけれど、今日はどうしてもアレンに触れて欲しかった。

ライラは意を決してベッドから下りると、ガウンを羽織ってそっと廊下に出た。

この時間ならまだ仕事をしているに違いないと執務室へ向かうと、案の定部屋の前には兵士が立っていてライラの姿を見ると驚いたように姿勢を正した。

こんな夜遅くに突然国王の部屋を訪れるなんて、不謹慎と言われても仕方ない。勢いのまま供もつけず着替えもしないで来てしまったことを後悔する。

もしかしたら帰されてしまうかも、と不安に思ったが、兵士は軽く一礼して扉の前から離れてくれた。

「ありがとう、ございます」

ぺこりと兵士に礼をしてから、ライラはコンコンと扉をノックをした。すぐに部屋の中から低い声が聞こえてくる。

「誰だ」

「あっ、あの……ライラです」

不機嫌そうな声に身がすくんだが、必死の思いで返事をする。

しん、と一瞬静まり返った後、ドタドタと荒っぽい足音とともに大きく扉が開いた。

「ライラ!?　こんな遅くにどうしたんだ！」

アレンは、ナイトドレスにガウンを羽織っただけのライラを見下ろすと、すぐに辺りを見渡した。扉の前に控えていた兵士は、何も見ていないとばかりにあさっての方向を向いている。

「ご、ごめんなさい。いきなり来てしまって……」

ライラはガウンの前を押さえて縮こまった。少し冷静になれば自分の行動の非常識さに気がつく。アレンを呆れさせてしまったと後悔した瞬間、強く腕を掴《つか》まれ部屋の中へと引き入れられた。

重厚なドアが閉まる音がしたかと思うと、アレンがライラの腕を掴《つか》んだままため息をつく。

それを聞いて、ぎゅっとライラの胸が締め付けられた。

(やっぱり、いきなり部屋を訪れるなんて迷惑だったんだ……)

訪れたことを後悔するほど不快そうな表情に、泣きたくなる。彼の状況を知ろうともせず、身勝手な行動だったかもしれない。

最近めっきりアレンが姿を見せなくなったのは、政務が忙しいからだと思っていたけれど、単にライラに興味をなくしてしまったのだとしたら……

「……何を一人で、難しい顔をしている？」

いつの間にかライラの顔を覗《のぞ》き込んでいたアレンが、ぷっと噴き出した。

「え、あ、あの、突然の訪問をお許しください。その、どうしても陛下に……」

「どうしても、俺に？」

そこまで話してから、何を言ったらいいかわからなくなった。恐る恐るアレンを見つめると、彼は特に怒っているというわけではないらしい。

つい先ほどとは打って変わり、その表情もなんだか嬉しそうに見える。

「……あの、怒ってらっしゃいますか？」

「こんな夜遅くに、侍女もつけずに俺の部屋に来たことなら怒っている。不用心すぎるぞ。全く兵士にそんな姿を見られやがって」

アレンはそう言うと、ふわりとライラを抱きしめた。

「けれど、俺のところに来たことを怒る理由はない」

自分よりも少し高い体温に包まれ、ライラの気持ちがほぐれていく。

「……よかった」

ライラは腕を伸ばして自分もアレンの身体を抱きしめ返した。トクトクと響く彼の心臓の音を聞いていると、さっきまでの不安が消えていくようだ。

「それで、俺に何か急ぎの用事があったのか？」

僅《わず》かに身を離してアレンがライラを見下ろす。久しぶりに見つめる深い緑の瞳に引き込まれそうになりながら、ライラは静かに首を振った。

「いえ……ただアレン様に、お会いしたかっただけなんです……」

それ以外に言いようがなかった。

驚いて目を見張ったアレンに、ライラは慌《あわ》てて弁解をする。

「そっ、その……最近、あまりお会いする機会がなくて……それにこうしてゆっくりお話しすることもなかったから、我儘《わがまま》だとは思ったのですが、どうしてもアレン様にお会いしたかったのです」

ライラの顔が真っ赤になっていくのと同時に、アレンの表情が嬉しげに緩《ゆる》んでいく。

「……ただ俺に会いたいだけで、こんな夜に一人で？」

そう言われるとなんだか身も蓋《ふた》もないが、事実なので小さく頷く。その途端、ライラの小さな唇にアレンが覆いかぶさってきた。

「んっ!!　……んっ、んんっ」

突然のキスに驚きつつも、すぐに蕩《とろ》けそうな心地になる。熱い舌に唇をなぞられ、うっすら唇を開くと、ぬるりと口腔に差し込まれる。

今までとは違い、ライラは積極的にアレンの舌に自らの舌を絡《から》ませた。きつく舌を吸われ、軽く歯を立てられると背筋がぞくりとする。

思えば、こんな風にキスをするのも久しぶりだ。

ライラは息苦しさを感じるほど、必死に彼の口付けに応える。唇が離れそうになると、ライラの方から舌でアレンの唇を舐《な》めた。するとアレンは再びライラの唇に貪《むさぼ》りついてくる。そうやって離れていた時間を埋《う》めるように、深いキスを続けた。

やがてアレンの大きな手の平がライラの頬を挟み、ようやくといった感じで唇を離した。息を切らし、ぼうっと焦点の合わない目で、ライラはアレンを見つめる。

「ライラ……どうした？」

そう言われて、肩を揺らした。心を見透《みす》かすような力強い眼差しに、全てを打ち明け縋《すが》りつきたくなる。

私をずっと傍に置いてくださいと、お願いしたくなる。

「アレン様、抱いてください」

ライラはその願いをぐっと呑み込み、そう言った。アレンの胸にぎゅっと顔を押し付け、抑えきれない思いを告げる。

「寂しくて、不安なのです。ずっとお会いできなくて、一人で……」

まだ仕事中の彼にこんなことを言うなんて、なんて自分は淫《みだ》らで自分勝手なのだろう。そう思っても、もう気持ちは止められなかった。

「お前は一人なんかじゃないだろう。ザラや他の使用人たちとも仲良くやっているし、俺の臣下とも上手《うま》くやっていると聞いているぞ」

アレンが優しくライラの背を撫でる。

ライラの努力を評価してくれているのかもしれないが、逆にアレンがいなくても大丈夫だと言われているようで悲しくなった。

アレンは、お前はここにいるだけで意味があると言った。けれど、アレンから与えられる愛を知ってしまったライラは、ただ傍にいるだけでは足りなくなってしまったのだ。

彼に抱かれ、求められたい。ずっとずっと、愛を誓ってほしい。

欲張りになってしまった自分が情けなくて、ライラはぎゅっとアレンの身体を抱きしめた。

「おい、本当にどうした？」

ライラは顔を上げるとアレンにキスを強請《ねだ》った。アレンは少しだけ心配そうな顔をしながらも、それに応えてくれる。

「アレン様、お願いです。あなたを、もっと近くに感じたいの……」

潤《うる》んだ瞳でそう呟《つぶや》くと、アレンの瞳に欲望の火が灯《とも》った。

「あ、あああ、やぁ……っ！」

寝室へ移動する時間すら惜しいと言った様子で、アレンはライラのガウンとナイトドレスを剥《は》ぎ取ると大きな机の上に横たえた。その際、背中が痛くないようにと脱いだガウンを机の上に敷いてくれる。そうしたアレンの気遣いにライラの胸が切なく疼《うず》く。

ライラの首筋に何度も吸い付き赤い痕《あと》をつけたアレンは、舌でその痕を舐《な》め上げる。大きな手の平が荒っぽくライラの胸を揉《も》みしだき、豊かな膨らみは彼の手によって簡単に形を変えた。

「ん、あっ、ああっ」

アレンは両手でライラの胸を掴《つか》むと、その頂《いただき》に舌を伸ばした。彼はわざとぴちゃぴちゃと音を立てて、ライラの先端を舌で転がし舐める。いつもなら恥ずかしくて目を逸《そ》らしてしまう光景なのに、ライラは熱に浮かされアレンがすることを見つめた。

「ああ、甘いな……。お前の身体は、どこもかしこも甘い」

まるで赤子みたいにライラの乳首を吸い上げた後、アレンはこりっと軽く歯を立てた。

「んんっ!!」

雷に打たれたかのようなビリビリとした刺激に背筋をのけ反《ぞ》らせる。すると、乳首を口に含んだままアレンが含み笑いをした。それにすら、ライラは反応してしまう。

「今日は、いつもよりも反応がいいな」

意地悪そうに言われたのに、なぜかライラの胸がきゅんとなった。同時に、秘所の潤《うる》みが増したような気がする。

「こんなところで抱かれて、こんなに濡《ぬ》らしているのか」

「だって……ずっと会えなかったから、……あっ、ふぁ」

話している途中で、ちろちろと舌で乳首を刺激された。ぞくぞくするほど気持ちがよくて、言葉が途切れ途切れになってしまう。

「会えなくて、それで？」

続きを言えと催促しながら、アレンの愛撫が止《や》むことはない。舌に刺激されていない方の頂《いただき》を、指できゅっと摘《つ》まみあげられた。

「あぁぁ……っ！　ん……それ、で、さみしくて……」

胸だけじゃなくて他のところにも触ってほしくて、ライラはもじもじと腰を動かす。秘所が熱く潤《うる》んでいるのが、触れなくてもはっきりとわかる。

「寂しくて……自分で触れたりしたのか？」

「……え……？」

言葉の意味がわからなくて、ライラは頬を上気させたまま彼を見つめ返した。

「自分、で……？」

「そうだ。寂しい身体を自ら慰めるんだ」

快感で霞《かすみ》のかかった頭では、彼の言っていることを半分も理解できない。ライラが弱々しく首を振ると、彼はライラの身体を抱き起こし、大きくてフカフカの椅子へ移動させた。

「自分で触れてみろ」

椅子の背後に回ったアレンが、ライラの手を取ってゆっくりと導いたのは、あろうことか彼女の秘所だ。

「え……っ、いや、そんな」

緊張で強張《こわば》った身体に、背後からアレンの舌が伸びてくる。ぴちゃぴちゃと音を立てて首筋を舐《な》められ、ライラはびくんと身体を震わせた。

「俺の言う通りに」

低く掠《かす》れた声に、抗《あらが》うことなどできない。

アレンはライラの手に自らの手を重ねると、秘所の繁《しげ》みに触れていった。

「ほら……いつも俺がしているように、自分の指で触れてみろ。一緒にしてやろう」

まるで催眠術にでもかけられたみたいに小さく頷き、ライラは秘所に触れる。すると、微《かす》かな水音とともに蜜がとろりと溢《あふ》れてきた。

「すごいな……こんなに濡《ぬ》らしているとは」

耳元でアレンに囁《ささや》かれ、ライラは顔を真っ赤にした。あまりの恥ずかしさに手を離そうとしたが、すぐに強い力で押し付けられる。

「俺がするように、指を動かすんだ」

アレンがライラと手を重ねたまま、指を動かし始めた。ライラの秘所を数回往復して指に蜜を絡《から》め、それをすぐ上の蕾《つぼみ》に擦《こす》りつける。

「やぁ……アレン、様……っ」

ライラは子供のようにイヤイヤと首を振った。しかし、アレンの指の動きは段々激しくなり、自然とライラの腰も揺れてしまう。いつしかライラは、より快感を求めて自分の指をなまめかしく動かしていた。

「あ、あ……っ、ふぁ、あぁ……」

甘い声を上げるライラを、アレンが後ろから妖《あや》しい目つきで見下ろしている。いつの間にか彼の指は離れ、ライラ一人で秘所を擦《こす》っていた。

やや粘《ねば》り気のある水音が、執務室に響く。

蕾《つぼみ》の周囲を蜜をまとった指でなぞると得《え》も言われぬ快感が襲ってきて、ライラは泣き声にも似た声を上げた。

「やぁ、あ、あぁぁっ……ん、ふぁっ」

「中にも、指を入れてごらん」

耳元で囁《ささや》かれ、朦朧《もうろう》としながらもライラは首を横に振った。

するとアレンは再びライラと手を重ねてきた。

「ほら、こうやって」

強引にライラの手を握ると、秘所へと導いていく。

「いや……や、こわ、い」

「怖い？　……いつも、ライラの指よりもっと太いものを受け入れているじゃないか」

それを意識してライラはますます顔を赤くした。アレンは熱く硬く滾《たぎ》ったものを、ぐりぐりとライラの腰に押し付けてくる。

早く、それを自分の中に埋《う》めていっぱいにしてほしい——そんな気持ちから、いつしかライラは強請《ねだ》るように腰を動かしていた。

「いやらしいな、ライラ」

ライラの指から大きな手を離すと、アレンは自らの指をライラの秘所に当てた。

「ここに……埋めてほしいか？」

そう言いながら、骨ばった指をずぶりと秘所に差し入れる。

「ひぁっ……あ、ああ……」

熱く濡《ぬ》れそぼった秘所は、アレンの指を易々《やすやす》と受け入れる。指に押し出された蜜がぐちゅりと大きな水音を立て、同時に膣壁はもっと中へ指を誘うように蠢《うごめ》く。

アレンの指がぐっと根元まで深く差し入れられ、ライラは無意識にきゅっと秘所を収縮させる。

指がライラの気持ちいい場所を探《さぐ》るみたいにゆっくりと動き始め、ライラは耐えかねたように声を上げた。

「あぁ……あんっ、やぁ、アレン様……っ」

溢《あふ》れ出した蜜が、椅子に染《し》みていく。

早くアレンとひとつになりたい。

激しい指の動きに快感を与えられながらも、ライラは自分の背後にぴたりと押し付けられているものにそっと手を伸ばした。

「はぁ……っ、アレン様……」

いつもの自分なら、こんな大胆な行動はできない。ライラを突き動かすのは、夕方偶然耳にしてしまった話の影響が大きいのだろう。

衣服の上から触れた彼の熱情は、はち切れそうなほどに硬く熱い。ライラが指先で触れるとびくんと反応し、それがなぜだか嬉しくて愛おしい。恥ずかしさで躊躇《ちゅうちょ》する時間さえ、今は惜しかった。

アレンが何も言わないのをいいことに、ライラはより大胆に指先で形をなぞった。

服の上からくっきりと浮かびあがった輪郭を辿《たど》り、先端のくびれを指で往復する。そうすると、背後のアレンがはあっと熱い息を零《こぼ》した。

「俺を煽《あお》るのもそれくらいにしないと……手加減できなくなるぞ」

低く掠《かす》れた声が、ひどく艶《つや》めいて聞こえる。彼のこの声を聞けるのは、自分だけだ。

「手加減、しないでください」

緊張のせいか口の中がカラカラで、ライラの声も掠れている。アレンはライラの前に回りトラウザーズの前を緩《ゆる》めると、下穿きから己のものを取り出した。彼のものは、既に硬く張りつめ天を向いている。

「触れてくれ」

優し気な声色ではあったが、有無を言わせぬ響きがあった。

ライラは緊張で震える手を、そろりと彼の昂《たかぶ》りへと伸ばす。

「あ」

熱い。

興奮で熱を持っているはずのライラの手で触れても、そう感じるほどアレンの昂りは熱かった。ライラは、先ほどと同じようにゆっくりと指で竿《さお》を撫でる。その直後、先ほどよりも激しくアレンのものがびくりと跳ねた。

一瞬躊躇したライラの手を捕え、アレンは自分のものを握らせた。

「手で、筒を持つように包むんだ」

「こ、こうでしょうか……」

ライラは、アレンに言われた通り、そっと彼のものを手の平で包む。

無意識に上下に動かすと、アレンが心地よさげに息を吐いた。彼に嫌がられていないとわかり、ライラはさらに指を動かした。

じっと見つめていると、先端から透明な液がくぷりと滲《にじ》み出てくる。秘所から溢《あふ》れる愛蜜のようにとろりとした粘液に指先で触れ、ぬるぬると先端に伸ばす。

どんな味がするのだろう。

そう思ったライラは、無意識にその滲み出た液のついた指先に唇を寄せていた。僅《わず》かにしょっぱい、しかし汗とは全然違う味——と思ったところで、アレンが驚いたようにこちらを凝視しているのに気づく。

「わっ、私……っ！」

無意識とはいえ、何をしでかしてしまったのか。思わず両腕を交差して真っ赤になった顔を隠そうとする。だが、アレンに腕を掴《つか》まれ阻まれてしまう。

「……今日は随分、積極的だな」

アレンは耳元で囁《ささや》いた後、舌を伸ばしてライラの耳の縁をちろりとなぞった。

「や……っ、ふぁ……」

ぞくぞくして、ライラの身体から力が抜ける。くたりとして首を傾けると、舐《な》めやすくなったのかアレンはさらにライラの耳を舐め上げた。耳穴に熱い舌が差し込まれ、くぷくぷとすぐ傍で音が聞こえてくる。耳を舐められるのが気持ちいいだなんて、アレンと出会うまで知らなかった。

「あ、あぁ……も、ダメ……」

頭の先からつま先まで、蕩《とろ》けてしまいそうだ。この熱を、受け止めてくれるのはアレンだけ。

アレンは目を細めてライラを見下ろすと、再びライラの身体を机の上へと抱き上げた。上着を脱ぎシャツ一枚の姿になると、アレンは、ライラの脚を抱えあげた。

すぐにでも秘所に入ってくると思った昂《たかぶ》りは、入り口にぴたりと当てられたまま動かない。もどかしくてライラが強請《ねだ》るように腰を動かすと、すっと離れていく。

「いや……アレン様……早く……」

潤《うる》んだ瞳でアレンを見上げる。彼と繋《つな》がって、ひとつになって、心に巣くう不安を消してほしい。

しかしアレンは静かな口調でライラに問いかけてきた。

「ライラ。……何かあったのか？」

こんな状況で聞かれるとは想定していなかったため、ライラの目が泳いだ。アレンがそれを見逃すはずもなく、手を伸ばしてライラの頬を撫でる。

「何が……お前を不安にさせている？」

この短時間でライラの異変に気づいただけでなく、その感情にまで気遣ってくれる。そのことが嬉しくて、ライラの目にじわりと涙が浮かんだ。

本当のことは、言えない。噂話を聞いただけで、不安になっているなんて。政務に励むアレンと会えず、寂しくてたまらないなんて。

「何も……ただ、アレン様にお会いしたかったんです」

アレンの表情が曇った。

「寂しい思いをさせて、悪かった。お前を早く正式に王妃として受け入れるためにも……今は政務に励むのが第一だと思って」

アレンはそう言うと、ライラを愛おしげに見下ろす。

「ライラ、俺も……会いたかった。そしてこうやってお前を」

ライラの秘所に触れたものが、ビクビクと動いて蕾《つぼみ》を刺激する。

「あぁ、アレン様……早く、抱いて……もう、これ以上、待てない……っ」

ライラの頬に添えられた手の指に唇をつける。舌でちろりと指先を舐めながら、アレンを見上げた。

不安を感じたりしないように、激しく抱いて。

ライラの瞳に宿る熱情に煽《あお》られ、アレンはごくんと唾液を呑み込むとライラの秘所へ昂りを埋《う》めた。

「あ、あああっ！」

奥まで一気に貫かれ、ライラは背中をしならせ四肢を引き攣《つ》らせた。

すぐさまアレンがライラの腰を引き寄せ、より深くまで腰を打ち付けてくる。

「あ、あああっ、や、あぁぁんっ！」

ライラの秘所をめいっぱい広げながら、アレンの欲望が出入りを繰り返す。奥まで差し込まれてはずるりと抜かれる感覚が、どうしようもなくライラに乱れた声を上げさせた。

「あん、あぁぁっ、ん、んんっ!!」

互いが交わった部分からは、ぐちゅぐちゅといやらしい水音が聞こえてくる。耳を塞《ふさ》ぎたくなるような恥ずかしい音も、彼に抱かれている証拠だと思うと嬉しかった。

「すごい、俺に絡《から》みついてくる……」

ライラの身体は激しく揺さぶられ、その度に背中が堅い机にゴツゴツとぶつかる。太いものでかき乱された膣口からとろりと蜜が溢《あふ》れ、机を濡《ぬ》らしていった。

それを見てアレンは口元に笑みを浮かべた。

「ふっ、こんなに机を汚して……」

そう言って溢れ出した蜜をすくい、蕾《つぼみ》へと塗りつける。

「あああっ！　んんっ、それだめぇっ、あ、ああああ……っ！」

蕾を強く刺激され、ぐっと秘所に力が入る。すると益々アレンの欲望は膨らみを増し、勢いよく動き始めた。

堅い机の上で背中を反らしながら、ライラは絶頂に身体を震わせる。息を乱してぎゅっと体内の昂《たかぶ》りを締め付けると、何かに耐えるようにアレンの眉がぐっと寄った。アレンは、ライラが身体をびくびくと震わせる様をじっと見つめている。

快感の波が静まりライラが深い息を吐くのを待っていたように、アレンの腰が猛然と打ちつけられた。

「え、あああっ！　だめ、そんなっ……」

息を整える間もなく激しい律動が始まり、ライラはたまらず嬌声《きょうせい》を上げた。最奥《さいおう》に熱い塊《かたまり》を押し付けられる度、ぐじゅぐじゅと水音が聞こえてくる。次第にライラの意識は朦朧《もうろう》としてきた。

「あ、ん、んんっ、はぁっ、あ、あ、あ、あああっ！」

先端が、ライラの感じる場所を執拗《しつよう》に突いてくる。

先ほど達したばかりだというのに、ライラの中は再びざわざわと蠢《うごめ》きだした。

アレンはライラの胸へ手を伸ばし、腰を打ち付けながら押し上げるように胸を揉《も》み上げ、頂《いただき》を指できゅっと摘《つ》まむ。

「ひゃ、あああああっ！」

ライラはアレンに与えられる快楽に溺《おぼ》れた。激しく身体をまさぐられ、熱く太い昂りを何度も出し入れされて、何も考えられなくなる。

だが、こうして彼から狂おしいほど求められることで、ライラは大きな安堵を感じていた。

「あぁぁ……アレン様、また、いっちゃうぅ……っ」

彼のものを締め上げながら切なげに呟《つぶや》く。すると、アレンはライラの脚を高く抱え上げて己の肩にかけた。そうして、机がガタガタと揺れるほど強く腰を打ち付けてくる。

「ああ、俺もだ。一緒に……っ」

「あっあっ、あああっ、んあああああっ！」

ライラは激しく身を揺さぶられながら、再び絶頂を迎えた。

かき乱された秘部から溢《あふ》れた蜜は白く泡立ち、アレンの身体をも汚していく。

アレンは歯を食いしばり数度腰を動かした後、秘所の奥深くに存分に精を放った。ライラはお腹の中をじんわりと温かく満たしていく感覚に、ふにゃりと顔を緩《ゆる》ませていた。

「ライラ……」

汗ではりついたライラの前髪をアレンがはらう。

「アレン様の……熱い、です……」

うっとりと呟くその様子に、アレンの昂《たかぶ》りがドクンと跳ねる。

「んっ」

ライラの中に入ったままのものは、まだ硬さを全く失っていなかった。

一度身体を重ねた後、ライラはアレンに抱えあげられて執務室の奥にある部屋へと連れていかれた。

忙しく部屋に戻れない時はここで休んでいると説明される。部屋には、アレンの寝室にあるのと変わらないほど大きいベッドが置かれていた。

大きなベッドに下ろされ、ライラはくたりと横になった。何度も達した身体は力が入らず、余韻でぴくぴくと震えている。それなのに身体はまだ熱を持ったままで、アレンと繋《つな》がった部分は二人の愛液にまみれながらもじんじんと痺《しび》れている。

「ライラ」

アレンは隣に横たわると、指でライラの身体をなぞりだした。触れるか触れないかの絶妙な距離に、ライラは吐息を漏《も》らす。

「まだ、足りない……」

アレンは切なげにそう言うと、再びライラの全身に舌を這《は》わせ始めた。

「あ、あっ……アレン様……」

アレンに触れられると、ライラの身体にもあっという間に火がついてしまう。激しく交わり精を吐き出した直後だというのに、ライラの太股に当たるアレンのものは先ほど以上に熱く硬く感じられる。

それをぐりぐりと押しつけながら、アレンが艶《つや》めいた声で囁《ささや》いた。

「お前を抱かずにいた夜は、辛くてたまらなかった。一度では足りない。もっと、お前が欲しい……」

「私も……もっと、アレン様が欲しいです……」

ライラの言葉に、アレンは身体を起こすと性急にライラの脚を開いた。途端に、秘所からは白い精と蜜が混じった液が溢れ出す。卑猥《ひわい》なその光景にごくんと息を呑むと、アレンはさらに膨れ上がったものをそこに擦《こす》りつけた。

「ライラ、もっとだ。もっと。お前も……俺を欲しがれ」

熱の籠《こも》った瞳で見下ろされ、ライラは目を潤《うる》ませながら頷く。彼から求められるのが嬉しくて、夢見心地になる。

「はい、アレン様……もっと……私を、アレン様でいっぱいにしてください……」

アレンが耐えきれないといった様子で、一気にライラの秘所を貫く。快感に背中をしならせながら、ライラはアレンから求められる喜びに心が満たされていくのを感じていた。


幾度となく求められ抱かれ続け、ようやく満足したアレンはライラを抱きしめながらベッドに横になった。

汗ばんだ身体で息を整えるライラの額に、軽くキスを落とす。愛情に満ちた瞳で見つめられ、ライラもまたアレンを愛おしく見つめ返す。

そうしてしばらくライラを見つめていたアレンが、少しだけ言いにくそうに口を開いた。

「来週から、国境近くの村へ行くのでしばらく留守《るす》にする」

「国境近くの村とは……どこのことですか?」

アレンが教えてくれた村の名前は、侍女から聞いたコーリンという地名と全く同じだった。

(噂の月の姫に、会いに行くのだわ……)

そう思った瞬間、ライラの胸が軋《きし》み心が冷たくなっていく。

「そうですか……寂しい、です」

ぽつりと呟《つぶや》くと、アレンはライラを強く抱きしめた。

「俺も、お前と離れるのは辛い。すぐに戻る」

アレンの逞《たくま》しい胸に、ライラはそっと頬をつける。

彼はライラを月の姫だと、唯一の伴侶だと言ってくれている。自分はそれを信じてアレンのためにできることをするだけだ。それなのに、なぜだか胸がざわざわして落ち着かない。

（アレン様は、どうしてコーリンに行かれるんだろう……）

政務なら、行かないでなんて言えるわけがない。

それでも、アレンにコーリンへ行って欲しくなかった。それは、月の姫の噂がある場所へ行かせたくないという嫉妬だろうか。

彼を引き留めてしまいそうな気持ちを必死に抑えて、ライラは手を伸ばしぎゅっとアレンの首に縋《すが》りついた。

一晩中彼に抱かれた身体には、彼のつけた赤い痕《あと》があちこちに散らばっている。その痕はアレンのものである証《あかし》と教えられた。

ライラも、アレンを自分のものにしてしまえたらいいのに。そんな願いを胸に秘め、首筋に唇をつけ、ちゅっと吸い上げる。

「アレン様、無事のお戻りを……お待ちしております」

ただそう伝えることが、今のライラの精一杯だ。

「……ああ」

アレンは短く答えると、ライラの髪に顔を埋《うず》めて頬ずりをした。

こんなに傍にいるのに得体の知れない不安に襲われ、ライラは零《こぼ》れそうになる涙をぐっとこらえる。

（お月様……どうか、一日も早く、アレン様が私のところに帰ってきてくれますように）

こんな願いは、我儘《わがまま》だと月の神は笑うだろうか。

それでも願わずにはいられなくて、ライラは窓から差し込む月の光にそっと祈りを捧げた。

＊　＊　＊　＊　＊

辺境の地へと旅立つ朝、王宮正面の広場でアレンは兵士たちが準備を終えるのをどこか浮かない様子で眺めていた。傍《かたわ》らにいる白い愛馬は、そんなアレンの様子を察してか、しきりに鼻筋を擦《こす》りつけてくる。

「陛下」

今回の視察には同行しないクレイグが、いつもと変わらぬ服装のままアレンに近づく。

「コーリンへ行く理由を、ライラ様にちゃんとお話ししましたか？」

アレンは、ぴくりと眉を上げてクレイグを睨《にら》みつけた。

「今、その話は関係あるか？」

「大アリですよ。まさか、何も言わずに行くんじゃないでしょうね」

この男は、どこまで見透《みす》かしているのだろう。苦々しい表情で前を見据え、アレンは首を振った。

「ライラに、余計な心配をさせたくはない」

「……その気遣いが逆に、余計な心労をライラ様に与えていると思いますけど」

クレイグはそう吐き捨てたが、アレンは黙ったまま兵士たちに目をやった。

クレイグが心配しているのは月の姫の噂のことだろう。

国境近くの村に月の姫と思《おぼ》しき娘が現れたという情報をもたらしたのは、辺境の地を治める一人の領主だ。

元々、王都に近い豊かな土地を治めていたその領主は、アレンの父である先代の国王の怒りを買い辺境の地へと飛ばされた。

かなりの遠縁ではあるが王家の血を僅《わず》かながら引いているその領主は、アレンの即位を機に王都へ戻ろうと画策していた。当然、そんな要求を聞き入れるアレンではない。

のらりくらりと要望を躱《かわ》し続けているアレンを、恨んでいる可能性は充分にある。

「月の姫がいるなんて、見え透いた嘘に乗ることないじゃないですか」

「こんな機会でもなければ、堂々とあの地域に足を踏み入れることはできないからな。ライラの街と同じく領主が不正に利益を貪《むさぼ》っているとの噂もあるし、真相を確かめるにはちょうどいいだろう」

コーリンは王都から遠く離れた辺境の村だ。アレンが既に月の姫を手に入れていることは、どうやらまだ知られていないらしい。でなければ、こんな間抜けな誘いをかけてくるはずがなかった。

「何かある、とわかっていてノコノコ出かけていくなんて……呆れます」

「だから念のためお前を残していくんだろう」

「だったら、私が行けばいいでしょう」

視察を決めてから、何度クレイグとこんなやり取りをしたかわからない。

「様子を見てくるだけだ。まさか向こうも、いきなり謀反《むほん》を企《くわだ》てるほどバカじゃない」

おそらく、予言のことを聞きつけ、月の姫の名を出せば、その話に必ず飛びつくとでも思っているのだろう。直接会おうとしないアレンを、交渉の場につかせたいのかもしれない。

視察なら確かに臣下に行かせればいいが、少し気にかかることがある。向こうが伝えてきた月の姫の情報は、銀の髪を持つ娘がいるというだけではなかった。一般には伝わっていないはずの『再生の力』にも通じる、枯れた植物を蘇《よみがえ》らせるというものだった
王家の遠縁である領主が、万が一にも王家のみに伝わる月の姫の秘密を手に入れている可能性もある。その点もはっきりさせるには、アレンが自ら赴《おもむ》くのが一番手っ取り早い。

「お前を置いていくのは、もし何かあった時にライラを守らせるためだ。何があっても、俺を追ってくるようなことはするなよ」

アレンはそう言うと、力強くクレイグの肩を叩いた。

「……そんなの、ライラ様こそ反対されると思いますけど」

「これは国王命令だ。ライラを危ない目に遭わせるな」

黙り込んだクレイグの背後で、近づいてきた兵士が跪《ひざまず》いた。

「陛下！　出立の準備が整いました」

「わかった」

アレンはひらりと愛馬に跨《また》がると、もう一度クレイグに向かって言った。

「クレイグ、頼んだぞ」

「……わかりました。ご無事のお帰りをお待ちしています」

観念したようにクレイグが言うと、アレンはにっと歯を見せて微笑み、愛馬を兵士たちが待つ方へと進ませた。

＊　＊　＊　＊　＊

「……、…………ライラ？」

窓際に立ちぼんやりと外を見ていたライラは、ハッとして後ろを振り返った。

「ザラ……」

「もう、何回も呼んだのよ」

ザラがお茶やお菓子をたっぷりと載せた銀色の台車を押し、背後に立っていた。

もう午後のお茶の時間らしい。けれど、なごやかにお茶を楽しむ気分ではなかった。

「寂しそうな顔をしないの。そんな気分じゃないのはわかるけど、どれもライラのために城の菓子職人が焼いてくれた物なのよ」

先日のお茶会のお礼を直接伝えに行って以来、彼らは張り切ってライラのために様々なお菓子を用意してくれるようになった。その気持ちを無下にすることはできず、ライラはお茶の用意されたテーブルについた。テキパキとお茶の準備を整えるザラの姿を眺めながら、ライラは今日何度目かわからないため息をつく。

テーブルいっぱいに並べられた焼菓子は、とても一人では食べきれない。

ライラは自分の世話をしてくれている侍女たちを呼ぶようにザラに頼んだ。せっかくのお菓子を余らせたくないし、一緒にテーブルを囲んでくれる人がいれば、落ち込んだ気分が明るくなるかもしれないと思った。

ザラに呼ばれ最初は遠慮していた侍女たちも、テーブルいっぱいの焼菓子の誘惑に負けて次々とテーブルについた。

目をキラキラさせて焼菓子に手を伸ばす姿に微笑みながら、ライラはゆっくり紅茶の注《つ》がれたカップを口に運ぶ。

「とっても美味《おい》しい。それに……いい香りがするわ」

「気に入っていただけてよかったです！　今日のお茶は、ライラ様に飲んでいただこうと特別に手に入れたものなんです」

侍女の一人がぱっと顔を輝かせ、ニコニコとライラに笑いかける。

アレンが城を不在にしてから、日に日にライラの元気がなくなっていくと皆わかっているのだろう。なんとかライラを元気づけようとしてくれる彼女たちの気持ちが嬉しくて、ライラは微笑んでもう一口紅茶を飲んだ。

賑《にぎ》やかな雰囲気に包まれて、少しだけライラの気が紛《まぎ》れる。すすめられるがままに菓子を一口齧《かじ》ると、優しい甘味が舌に広がった。

こんな風に、ザラ以外の人たちから気遣われたり一緒に過ごしたりする日が来るなんて想像もしていなかった。

アレンがここに連れてきてくれなかったら、今の自分はない。

今やライラの生活の中心は彼が全てだ。アレンのいない生活なんて考えられないし、彼から離れて生きていくことには耐えられる気がしない。

もし視察から戻ったアレンが別の女性を連れて帰ったら……離れている不安から、ついそんな想像をしてしまい、ライラはぎゅっと手を握り締めた。

街で隠れるように生活をしていたライラを、救い出してくれたのはアレンだ。ライラに、愛される喜びを教えてくれたのもアレン。彼の身体に包まれ抱かれる喜びは、今までの辛さを全て吹き飛ばしてくれた。自信を持てと背中を押し、ライラの努力を見守ってくれる。

彼は自分が初めて愛した人――

「あ……」

ライラはふとあることに気づいて、ソーサーにカップをカチャリと置いた。

「ライラ様、どうなさいました？」

呆然とした様子のライラに気づいて侍女の一人が声をかけてきた。だが、答えることができずに口元を手で押さえる。

(私……彼に、何も伝えていない)

あの街から連れ出してくれたことへのお礼も、彼を心から愛していることも――

アレンは今まで、たくさんのものをライラに与えてくれたのに、ライラは何も返せていない。何も伝えていない。

そんな大事なことを忘れ、ただ一緒にいられない不安ばかりに気を取られていた。

なんて、愚かなんだろう。

(アレン様――)

泣きそうになりながら心で彼の名を呼んだ時、ふいにドクンと心臓が鳴った。

――ライラ。

「えっ?」

すぐ傍で名前を呼ばれたような気がして、ライラはハッと顔を上げた。

侍女たちが皆きょとんとした表情でライラを見つめている。

愛しさのあまり、幻聴が聞こえたのだろうか。

ここにいるはずのない人の、低い声がした。

「あの……誰か、名前を」

――ライラ。

その直接心に響いてくるような声に、ライラはぎゅっと胸を押さえた。気のせいじゃない。そして、ライラがこの声を聞き間違えるはずなどなかった。

「ライラ様、さっきから一体……」

ライラの様子を感じ取ったザラが、すぐ傍まで歩み寄ってくる。その時、部屋の扉がノックもなくいきなりバンッと開かれた。

「ライラ様っ！」

飛び込んできたのは、クレイグだった。滅多に取り乱すことのない彼のひどく焦った様子に、侍女たちが皆目を丸くする。

クレイグは部屋の様子に一瞬に驚いたようだが、すぐに背筋を伸ばした。

「ライラ様に大事なお話がある。楽しんでいるところ悪いが、皆、席をはずしてくれ」

「はっ、はい！」

侍女たちは慌《あわ》てて椅子から立ち上がると、その場を片づけ始めた。彼女たちがものの数十秒でその場を片づけ部屋を出ていくと、クレイグがライラに歩みより頭を下げる。

「どうか、心してお聞きください。数日前より辺境の地へ視察に行かれていた陛下の行方《ゆくえ》が――途絶えたとの早馬が」

「えっ!?」

予想だにしなかった報告に、ライラの顔が一気に青ざめる。

「陛下は……月の姫と噂されている方に会いに行かれたのですよね？」

「誰からそんな話を聞いたんです？　全く、だからちゃんと話していけと言ったのに」

普段穏やかであまり感情の揺れを見せないクレイグが、苛立ったように髪をかき上げた。こんな彼を見るのは初めてだ。

「確かに月の姫がいるとの情報はありました。けれど、陛下にはもうあなたがいらっしゃる。月の姫の話に乗ったフリをして、謀反《むほん》の疑いがある領主の動向を探《さぐ》りに行ったんです」

クレイグはそう言うと、悔しそうに顔を歪《ゆが》めた。

「私が行きますと何度もお伝えしたのに……罠かもしれないところへ、自ら出向くなんて」

「アレン様はどうしてそんな無茶を？」

「あの方は、あなたと正式に婚姻を結ぶ前に、不安要素は全て取り除くと仰《おっしゃ》って」

「え……っ⁉」

予想もしていなかったクレイグの言葉に、ライラは衝撃を受けた。

呼吸が苦しく、胸が締め付けられるような痛みに襲われ、思わずその場にしゃがみこむ。

「……何があってもライラ様をお守りするようにと言われていたのですが、事態が事態です。陛下が消えたことを公《おおやけ》にできない以上、少数精鋭で動くしかない。申し訳ありませんが、私もしばらく城を空けますので……」

「私も連れて行ってください！」

クレイグが最後まで言い終わる前に、ライラは声を張り上げた。目を白黒させているクレイグに、再び同じことを言う。

「お願いします。私も、連れて行ってください！」

「そんなことはできません」

クレイグはきっぱりとライラの頼みを拒絶した。

「あなたを危ない目に遭わせないようにと、陛下とお約束しております。ライラ様のもとを離れるだけでも約束違反なのに、それに加えてあなたを城から連れ出すなんて……」

「たとえアレン様の御命令だとしても、私の意思は変わりません」

ライラはまっすぐクレイグを見つめた。

ずっと心に渦巻いていた不安は、アレンに必要とされなくなる恐怖だと思っていた。

けれどもそうではないとはっきりわかった。

アレンが一人でライラのために動いてくれたこと、そしてそれが彼を陥《おとしい》れる罠であることに、潜在的に気づいていたのだ。ならば自分は、彼を救うために立ち向かわなければいけない。

「先ほど、私の名を呼ぶアレン様の声が聞こえました」

「えっ……この部屋で、ですか？」

力強く頷き、ライラは胸元を押さえる。

「きっと私にしかできないことがあるはずです。必ずお役に立ちます。だから、お願いします」

ライラの言葉にクレイグの瞳が揺れた。判断に迷っているのがわかる。けれどアレンの忠実な部下であるクレイグは、ぐっと唇を結び首を横に振った。

「……ダメです。やはり、あなたを巻き込むわけにはいかない」

どうしても、連れて行ってはもらえないのか。自分は足手まといにしかなれないのか。打ちひしがれるライラの耳に、再び声が響く。

――ライラ。

アレンだ。ライラは立ち上がりキッとクレイグに強い視線を向けた。

こんな言い争いをしている暇があるのなら、一刻も早く彼のもとへ行かなくては。

「私は、月の姫です！」

口に出すと、不思議と気持ちが落ち着いた。今まで、はっきりそう名乗る決意が持てなかったのは、ライラの弱さと甘えだ。

「太陽王である彼を助けるのは、月の姫である私の役目です。その私を置いていくことは、許しません」

ライラの凛《りん》とした言葉に、クレイグが射抜かれたように目を見開いた。

クレイグは即座に姿勢を正すと、ライラの前に跪《ひざまず》き首《こうべ》を垂れる。

「かしこまりました、月の姫よ。すぐに支度を整えます」

恭《うやうや》しく言われた瞬間、ライラはハッとした様子で慌《あわ》ててクレイグの傍に膝をついた。

「ご、ごめんなさい！　失礼なことを言ってしまって……」

「いいえ、お気になさらずに。それが本来あなたのあるべき姿なのです。一時間後には兵を整え城を出ます。さあ、姫もすぐにお仕度を」

クレイグは表情を引き締めながらも、どこか希望に満ちた顔をしていた。ライラはしっかり頷く

と、急いでザラを呼び出し支度を始めた。

「馬車は出せません。姫は私の馬に乗ってください」

クレイグはそう言うと、自分の馬の前にライラを乗せた。

「申し訳ありませんが、陛下の捜索が最優先です。慣れないと辛いでしょうが、飛ばしますので耐えてください」

こくりと頷くと、ライラは馬の背に触れた。

無理を言ってついてきたのはライラだ。一人で馬に乗れない以上、こうやって同乗させてくれるだけでもありがたかった。

銀色の髪は目立つと言われ、固く結い上げすっぽりとマントのフードに隠していた。質素な旅装は、着なれた使用人のお仕着せのようでライラの身体に馴染《なじ》んだ。

少数精鋭と聞いていた通り、クレイグに同行する兵士の数は驚くほど少ない。状況を報告するため城に早馬を飛ばしてきた兵士を先頭に、一路辺境の領主のもとへと馬を走らせる。

必死で鞍《くら》に掴《つか》まりながら、ライラはアレンのことを思った。

ライラの心に直接響いてきた声は、間違いなくアレンのものだ。もし、その声とやり取りできるのなら、アレンの居場所がわかるかもしれない。

(アレン様、アレン様……)

クレイグが馬を飛ばす中、ライラは心の中で必死に呼びかけてみるが、アレンの声は聞こえてこなかった。

しかし数日後、目的地である領主の屋敷が近づくにつれ、ライラは激しい動悸《どうき》を感じ始めていた。

「……ライラ様。何か感じることがあればなんでも仰《おっしゃ》ってください」

背後にいるクレイグが、ライラの耳元に顔を寄せてそう言った。

「兵士の話だと、陛下は調査に出た先で姿を消されたようです。おそらく、相手に強硬な手段を取らせるようなものを、陛下が知ってしまったのでしょう」

どうせ処罰されるくらいなら、消してしまおう――あの領主なら、そう考えかねないとクレイグは吐き捨てた。

サマルド国は、建国以来直系の王族による即位を続けてきた。けれど、直系の王族は現在アレンただ一人。次に血が近いのはクレイグだという。

「けれど私は……愛する人を自分の妻にするため、そしてその人を守るために、王位継承権を放棄したのです」

王位継承権を持つ身であった頃は、クレイグ自身も今よりもっと身動きの取れない立場だったという。アレンから王位を奪うために利用されかけたことも何度もあり、常に身の危険を感じていたそうだ。そうしたこともあってか、クレイグは結婚する際むしろ喜んでその権利を放棄した。

「妻を守るために……といえば聞こえはいいですが、結局私は王という重責から逃げ出したのですよ」

金色の髪を持ち、生まれた時から『太陽王』と言われ続けたアレンとは、資質が違う。

そんな言い訳をして、王族の責任を放棄したのだとクレイグは自嘲気味に笑った。

「陛下に万が一のことがあれば……王位継承権を持つ直径の王族は、隠居した私の父のみ。しかし病弱な父では、このサマルド国を治めるのは難しい」

そうなった場合、直系ではない王家の血を引く者たちにも継承権を復活させる話が出てくるかもしれない。つまり、アレンが様子を見に行った領主にもその可能性が出てくるというわけだ。

もし、そこまで狙っていたとしたら、アレンの命すら躊躇《ちゅうちょ》なく奪うかもしれない。

クレイグの話を聞きながら、ライラは焦りを募《つの》らせる。

陽が地平線に沈みかけ、反対の空からは月が昇ってきた。

今まで何度も自分を助けてくれた不思議な力は、偶然や奇跡などではなくて、ライラ自身が持つ力。

(アレン様をお救いできるのは、私しかいない……)

そう信じて、ライラはひたすらアレンへ呼びかけ続ける。

そんな中、ふいにドクンと激しい胸の鼓動を感じた。

「アレン様」

声に出してみると、うっすら西の方角が光って見える。

「クレイグ様！」

「何かわかりましたか!?」

「あちらの方向の光が、あなたには見えますか？」

ライラが指さす方に目を向けたクレイグは、首を横に振る。

「いえ、私には……何も見えません」

そう口にした次の瞬間、クレイグはライラの言葉の本当の意味を理解した。

クレイグは即座に前を走る兵士たちに向かい、大声を張り上げる。

「これより二手に分かれる!! 半数はそのまま領主の屋敷へ、もう半数は私とともに来い！ 腕に覚えがある者はこちらにつけ！」

今までは兵士たちの真ん中で守られるように走っていたクレイグの馬が、一気に先頭へと躍《おど》り出た。

「ここから先は、ライラ様が頼りです」

背中のクレイグから、緊張しきった様子が伝わってくる。

「はい！ 必ず、陛下のところまでお導きいたします」

今までのライラとは打って変わった力強い声に頷き返し、クレイグはライラが指さす方へ馬を走らせた。


しばらくすると、目の前に今にも崩れそうな廃屋がぽつんと見えてきた。

ここはコーリンからかなり離れた荒れ地だ。

「あれは……？」

「相当昔に建てられた小屋みたいですね。おそらく、旅の者が雨風をしのぐために一時的に避難するのが目的かと」

ボロボロの廃屋に、二頭の馬がくくりつけてあるのが遠目にもわかった。クレイグは馬の速度を緩《ゆる》めて近づくと、ライラを残し一人で馬を降りる。

「ここから先は、私たちで。ライラ様はここでお待ちください」

一緒に行きたいが、もし乱闘になったら足手まといになるのは明らかだ。ライラはこくりと頷くと、護衛のために残った一人の兵士とともに遠くから廃屋を見守った。

陽は落ち、あたりは随分暗くなっていた。だが、訓練を受けているのか兵士たちの足取りに迷いはない。そしてなぜか、ライラにも彼らの動きがはっきりと見えていた。

廃屋に近づいたクレイグと兵士たちが、繋《つな》がれていた馬の綱をナイフで切った。馬のお尻をぽんと叩くと、あっという間に二頭は廃屋から遠ざかっていく。

入念に廃屋の周囲を確認し終えた兵士たちが、クレイグの合図とともに一気に中へ踏み込んだ。

——ライラ。

その瞬間、ライラの頭にアレンの声がはっきりと聞こえた。

「今、陛下の声が！」

「え!?」

驚く兵士をよそに、ライラは転げるように馬から降りた。

「お待ちくださいライラ様！　クレイグ様の指示があるまではここでお待ち下さいっ！」

兵士の引き留める声が聞こえたが、ライラは振り返らなかった。

「陛下が待っているのです！　早く、あなたも来なさい！」

ライラは前を向いたまま声を張り上げると、一心に廃屋へと駆けて行った。

この時のライラには危険かもしれないという思考はなく、ただ急《せ》き立てられるように目の前の扉をバンッと勢いよく開いた。

「アレン様っ！」

目の前に広がる光景に、思わず息を呑んだ。そこでは、クレイグたちが黒く薄汚れた男たちと剣を交えている。

「ライラ様っ、お下がりください！」

追いかけてきた兵士が、慌《あわ》てて前に出てライラを背にかばう。兵士の肩ごしに中を覗《のぞ》き込んだライラには、剣を交える兵士たちの向こうにアレンが膝をついてぐったりしているのが見えた。

「アレン様っ！」

悲鳴を上げたライラに気づき、男の一人がこちらに斬りかかってきた。その剣を受け止めた兵士が、ライラに向かって声を張り上げる。

「ライラ様、お下がりください！　危険です！」

彼らの邪魔になっていることは充分にわかっていた。けれども、ライラの目には、アレンしか入っていなかった。

ライラは震える足に力を入れると、兵士の横をすり抜けて小屋の中へ踏み込んだ。そして、全速力でアレンのもとへと駆け寄る。

「あっ、ライラ様がそちらに！」

兵士が叫んだのに気づくと、クレイグはすぐさまライラの傍に移動し、守るように剣を構えた。

「外でお待ちくださいと言ったはずです！」

クレイグの表情はいつになく険しいものだったが、それに構う余裕はもうなかった。崩れ落ちたアレンの傍に、血だまりができていく。

「アレン様っ！」

傍らに跪《ひざまず》き呼び掛けると、アレンはうっすらと目を開いた。

「ライラ……か……？」

こちらを見るアレンの目の焦点が合っていない。敵を全て斬り伏せたクレイグが、すぐさまライラの横で同じように跪いた。

「これは……出血がひどい。それに、もしかして毒か!?」

兵士の一人がバッグを手に駆け寄り、中を開いて医療器具を取り出し始めた。彼はどうやら医師のようだ。

横たわるアレンの顔色は真っ白で、血の気を失っている。開きかけた瞼《まぶた》もすぐに閉じてしまった。

「アレン様……アレン様っ！」

ライラはアレンの傍に身を屈《かが》め、冷たい頬に手を当てた。

「落ち着いてください、ライラ様」

そう言うクレイグの顔も青ざめ、緊張が伝わってくる。

「傷もひどいですが……何より、受けた毒が問題です。持ってきた解毒剤が効くかどうか……」

医師は手早くアレンへ処置をほどこしていく。アレンからは、時折うっ、と低い呻《うめ》き声が発せられたが、固く閉じた目が開くことはない。

「とりあえず領主の屋敷へ運んではどうだ？」

クレイグの言葉に、医師は激しく首を振った。

「ダメです！　こんな状態で馬の背になど乗せられません！　無理に動かして毒の回りが早まったら……」

二人のやり取りは、ライラの耳には届かなかった。ただただ、彼の身体を摩《さす》り必死に名前を呼ぶ。

「アレン様……アレン様……」

何もできない。何の役にも立てない。

アレンを見つけることができたって、これではついてきた意味がない。

アレンの顔色は悪くなる一方で、握った手もどんどん冷えていく。

冷たい手に息を吹きかけ温めようと両手で持ち上げてみるが、全く力が入っていない。握り締めても反応はなく、震えるライラの手をすり抜けダラリと垂れ下がる。

「ひっ……！　アレン様!!」

「ライラ様」

血相を変えたクレイグが、ライラの肩を強く掴《つか》んできた。

「お願いです。あなたの力でアレン様をお助けください」

「え……」

ライラの頭に、以前彼の傷を治したことが思い出される。しかし、今回の傷はあの時とは比べものにならない。

「ライラ様！」

戸惑うライラに、クレイグだけではなく兵士たちも縋《すが》るような視線を向けてくる。皆の気持ちが痛いほどわかる。ライラだって、アレンが助かるなら何にでも縋りたかった。

アレンを助けたい。

まだ何も、彼にしてあげられていない。ライラを見つけ出してくれたお礼も、街から連れ出してくれたお礼もしていない。

愛していると、伝えていない。

（この人を救いたい――）

目の前に横たわるアレンの唇が、僅《わず》かに動いた。何か伝えたいことがあるのかとさらに身を屈《かが》めようとした時、唇がゆっくり動いた。

ライラ。

唇が紡《つむ》いだ単語が自分の名だと知り、ライラの瞳に涙がこみ上げてきた。

アレンが自分の名前を呼んでいる。

なんとしても、どんな手を使ってでも、この人を助けるんだ――

月の姫が持つと言われている再生の力を、今使わずしていつ使うというのだ。

(月の神様、お願いです。私に、アレン様を助ける力を……)

小さな頃から、不思議な力が助けてくれる度に月に祈りを捧げてきた。月の神様が守ってくださるとザラに言われてから、疑いもせずにずっとだ。

ライラは胸の前で組み合わせた手にぐっと力を込め祈りを捧げる。

すると、薄暗い廃屋に月の光が差し込んできた。雲に隠れていた月が姿を現したのかと思ったが、そうではないとすぐに気づく。

「これ、は」

驚愕しきったクレイグの声にライラが顔を上げると、窓から差し込んできた光がライラを包んでいた。

懐《なつ》かしいような、温かい光だ。

光に包まれたライラは、彼の傷を治した時と同じ——いや、それよりももっと大きな力が自分の中に満ちていくのを感じた。

ライラは導かれるようにすっと手の平を前に出す。そして、アレンの未だ出血の止まらない傷へ手を触れた。

ライラを包む光が、その手を通してアレンの身体にも広がっていく。

「おお……」

見守る兵士たちの間に、どよめきが起こる。

けれども今のライラには周囲の音は聞こえなかった。迷いも焦りもなく、ただ自分の中に溢《あふ》れる光を彼に注ぐことに集中する。

皆が固唾《かたず》を呑んで見守る中、やがて二人を包んでいた神秘的な光はゆっくりと落ち着いていった。

光が消え入る寸前、固く閉ざされていたアレンの瞼《まぶた》が開く。

「陛下！」

クレイグの呼びかけに、アレンが数回瞬《まばた》きを繰り返す。彼は何が起きたのか理解しかねる様子で、ぼんやりと視線を辺りにめぐらせる。

そして、すぐ傍にいるライラに気づくと、その頬へ手を伸ばした。

先ほどまで冷たかった手に、温かさが戻っている。ライラが恐る恐る彼の傷口から手を離すと、そこには破れた衣服のあとはあっても傷はいっさい見当たらなかった。

「よかった……」

クレイグが、はーっと深く息を吐き脱力する。その横で、ライラの瞳にぶわっと涙が溢れた。

「アレン様……っ」

事態を見守っていた兵士たちから、わっと歓声が沸き起こる。

「やっぱり、ライラ様は月の姫だったんだ！」

「サマルド国、万歳！」

喜びに沸く兵士たちを尻目に、クレイグと医師が素早くアレンの状態を確認し始める。

全身をくまなく確認し終えた医師が、驚愕して口を開いた。

「先ほどまでの外傷は……どこにも見当たりません。信じられないことですが、毒の影響もほぼないようですね」

「ほぼではなく、全く、の間違いだろう」

アレンがそう言いながら、むくりと身体を起こした。

傷は消えたとはいえ、ほんの少し前まで瀕死の状態だったのだ。いきなり起き上がったアレンを、クレイグが慌《あわ》てて制しようとした。

「陛下！　そんなすぐに動かれては……」

「大丈夫だ。お前も見ただろう。月の姫の力を」

そう言ってアレンはライラに向き直ると、両腕を広げた。

「ライラ」

心の中ではなく、直接目の前で呼びかけられ、ライラはたまらずアレンの腕の中へ飛び込んだ。

「アレン様……！」

「ライラ……」

ぎゅうっと互いに抱きしめ合う姿を、周囲の人たちが温かい目で見守っている。

アレンにきつく抱擁《ほうよう》され少し苦しかったが、彼が無事生きている証《あかし》のようで嬉しい。

しばらくして身体を離し互いに見つめ合うと、アレンは照れ臭そうに微笑み、ライラの白銀の髪を撫でた。

「どうしてここへ来た、と言いたいところだが……お前に助けられたようだ」

アレンはそう言いながら、ちらりとクレイグに目を向ける。

「ええ、そうですよ！　ライラ様がいなければ陛下を見つけ出すのは難しかったでしょうし、もし我々だけで見つけられたとしても、治療が間に合わずに命を落とされていた可能性が」

クレイグが早口で説明すると、アレンはくっくと笑った。

「お前、ライラを連れてきたことを、なんとか正当化しようとしているな？」

「そ、そういうわけではなくてですね！」

アレンに寄り添うライラもまた、くすくすと笑う。

「クレイグ様が悪いのではありません。私が無理を言って、ここまで連れてきていただいたのです」

そっと逞《たくま》しい胸から離れ、アレンの顔を見上げる。血だらけで膝をつく彼の姿を見た時は、心臓が止まるかと思った。こうして元気な姿を見られて、本当に良かったと心から安堵する。

アレンもまた愛おしそうにライラを見つめ、額に軽くキスをした。

「話したいことはたくさんあるが……あの領主を捕まえ、罰するのが先だ。街のはずれに宿屋があったはずだ。ひとまずお前はそこで待て。誰かライラに付き添うように」

「そ、そのお身体で向かわれるおつもりですか？」

医師が慌《あわ》てて止めようとしたが、アレンは笑いながらライラの身体を離して立ち上がった。

「心配しなくとも、俺はぴんぴんしているぞ。月の姫の再生の力で毒を受ける前より元気なくらいだ。死にかけているはずの男が現れたら、あの領主は大層驚くだろうな」

アレンの言葉を受け、クレイグが兵士たちへテキパキと指示し始めた。

「捕えた者どもは柱にくくりつけておけ。じきに援軍が来る。ケガをしている者はいないな？」

この先は、今度こそ自分は足手まといになる。

「ライラ様、それでは参りましょう」

ライラは兵士に促《うなが》され外に出ると、身なりを整えるアレンをじっと見つめた。

「お帰りを、お待ちしています」

「ああ、今度こそすぐに戻るから待っていろ」

そうしてアレンたち一行は、あっという間に荒野の向こうへと姿を消していった。

＊　＊　＊　＊　＊

「なぜライラを連れてきた？」

先ほどまで瀕死の状態だったとは思えない身軽さで馬を走らせながら、アレンは並走するクレイグへと声を張り上げた。

何かあった時にクレイグが来るのは想定内だったが、ライラを連れて来るとは思ってもいなかった。

クレイグはアレンの忠実な部下だ。彼がアレンの命令を違《たが》えたことなど一度もない。その彼があれほど言ったのにライラを連れてきたのは意外だった。

「どうしても行くと、連れて行かなければ許さないと言われました」

「ライラが？」

ライラから、そんな強い言葉が出たとは信じられない。クレイグを横目で見ると、彼は含み笑いをしながら言った。

「ええ。太陽王を助けるのは、月の姫である自分の役目だと。置いて行くのは許さないと仰《おっしゃ》いました」

「自分は月の姫だと、そう言ったのか」

「はい」

アレンにとってライラが月の姫であることは疑いようのない事実だ。けれど彼女は、自らそれを名乗ることにどうしても戸惑いを捨てきれない様子だった。

奥ゆかしさはライラの魅力の一つでもあるが、王妃として生きるためにはもっと強さが必要だ。自分は月の姫であるという絶対的な自信――ライラに必要なものはそれだった。アレンからすればもどかしくてたまらなかったが、まだまだ時間がかかると思っていたのだ。

そんなライラが、危険を顧《かえり》みずこんなところまで来てくれたことに、胸が熱くなる。

「急いで片づけて、城に戻るぞ。こんなくだらないことより、やらなければならないことがたくさんあるからな」

アレンはそう言うと、さらに馬の速度を上げた。

6　互いの想い

街はずれの宿屋で待機していたライラをクレイグが迎えに来たのは、それから一時間ほど経ってからのことだった。案内されるがまま領主の屋敷を訪れると、そこは兵士たちによって厳重に警備されている。連れて行かれた書斎と思《おぼ》しき部屋では、アレンが疲れた様子も見せず部屋を調べ回っていた。ライラの姿を見ると、嬉しそうに顔を綻《ほころ》ばせる。

あの後奇跡の復活を遂げたアレンが迅速に動いたことで、領主は反撃する間もなく捕えられたのだそうだ。領主は国境に近い村で国が禁止する毒薬を栽培し、他国と取引することで財力を蓄えていた。それだけでも、王家への謀反を意味するが、領主はその事実をアレンに知られたことに焦り、彼を監禁し亡き者にしようとしたのだという。

「それではやっぱり、領主様は王族として王都に返り咲くことを狙って？」

「そんなことまで教えたのか？」

ライラの言葉を聞き、アレンは苦笑しながら部屋の隅に立つクレイグに目をやった。

「……申し訳ありません。私とて、陛下を失うかもしれないと動揺していたのです」

冷静沈着なクレイグが、取り乱していたのを思い出す。馬に乗せてもらった時に背中に触れていた彼の鼓動は、かなり速かった。

「まあいい。いずれは王妃として、全てを知らなければならないのだからな」

アレンはそう言うと長椅子に腰を下ろした。

不法な手段で貯めた財力を使い王都へ返り咲く手回しを進めていた領主は、アレンに対し、月の姫と引き換えに元の領地へ戻せと言ってきたらしい。

既にライラがいる以上そんな交渉は無意味だが、月の姫に関する秘密を知られていないか確かめる必要がある。そのため、アレンは話に食いついたフリをして密かに調査を進めていたそうだ。

しかし、影武者を立てたアレンが、自ら領主の財力の出所を掴《つか》んだまではよかったが、逆に見つかり捕えられてしまったのだという。

「また一人でそんな無茶をして！　いつも言っているでしょう。影武者に役目を押し付けて自らが動き回るのはお止めくださいと！」

「悪かった。多勢に無勢でどうしようもなかったんだ」

「だから言ったのです。私を連れて行けと」

クレイグが怒ったように言った。

「そうだな。これからはお前と……ライラを連れて行くか？」

突然名前を出されて、ライラはきょとんとした。そして意味がわかって、慌《あわ》てて首を振った。

「ダメです！　いつもお助けできるとは限りません。あれは……本当に困った時にしか使えない力だと、わかりましたから」

アレンをどうしても助けたいという切実な願いに、月が手を貸してくれただけだ。

あの時ライラの身体を包んだ不思議な感覚はとっくに消えていて、本当に特別なことをしたのだと自分が一番わかってる。

そして何よりあの力が使えたのは、この国がアレンの存在を必要としていたからだと思う。

「冗談だ。お前のあの力は、二度と使わせない」

アレンは笑いながら、隣に座るようにとライラを呼び寄せた。

「お前たちには心配をかけたな。来てくれて助かった」

そう言ってアレンは、クレイグとライラに頭を下げた。

「アレン様」

微笑むライラとは対照的に、クレイグはやれやれといった表情で肩をすくめた。

「とりあえず……明日には援軍がさらに到着しますし、領主の身柄は拘束して地下牢に放り込んであります。今宵《こよい》はこのままこの屋敷に泊まりましょう」

領主の住まいは、その地位と同時に王家より拝領されるものだ。元を正せば、この屋敷は王家のものだとクレイグは言い切った。

「使用人たちにも事情を聞いておりますが……内情を知っていたのはごく一部のようで、彼らに王家への不満は見られません」

寝込みを襲われる心配はないということらしい。むしろ、人使いの荒い領主へ不満を募《つの》らせていた使用人たちは、今回のことを密かに喜んでいるようだ。

「すぐに別の領主を選任してこの地に送り込もう。引き続き雇用することと、給金は働きに見合う相場にあった額を遡《さかのぼ》って支給することを伝えよ」

やることが山積みだな、とアレンは勢いよく長椅子から立ち上がった。


領主の屋敷にはたくさんの使用人たちがいた。しかし新しい領主が派遣されても雇用は継続するとアレンが約束したことで使用人たちに混乱や動揺はほとんど見られなかった。

むしろ、王家管轄になることで自分たちの雇用条件が改善すると聞かされてか、皆嬉しそうにさえ見える。

国王が自分たちの働く屋敷に泊まるなど、滅多にあることではない。誰もがその栄誉に応えようと張り切って仕事をしている。

人使いの荒い領主に使われていたせいか、彼らの動きは実に無駄がなく見ていて気持ちがよかった。夜更けにもかかわらず、すぐに食堂に軽い食事が整えられ、アレンとライラは並んで食事をとることができた。

あれだけ大きな怪我に見舞われたというのに、アレンは驚くほどいつも通りだった。やらなければならない仕事がたくさんあるのだろう。まだ半分も食べていないライラを残すと、アレンはさっさと食堂を出て行ってしまった。

「お忙しいんですね。私、お邪魔ではないでしょうか。先に城に帰った方が……」

入れ替わりに顔を見せたクレイグにそう告げると、彼は慌《あわ》てて首を横に振った。

「いえいえ、忙しくしているのは、今宵《こよい》のためかと……」

「え？」

きょとんと聞き返したライラにゴホンと咳払いすると、クレイグは深く腰を折ってきた。

「お帰りになる時は、陛下とご一緒に願います。今日は……とにかく、陛下と過ごしてあげてください」

邪魔ではないのなら、それはライラにとっても願ってもないことだ。ライラも急ぎ食事を終えると、用意してくれた客間に向かった。

「あの、湯浴みの準備が整いました」

案内された客間で休んでいると、扉が静かに開いて使用人が顔を覗《のぞ》かせた。扉の傍まで近づいてみれば、驚くほど多くの女性たちがライラの部屋の前に集まっている。彼女たちは皆、この屋敷で働く使用人のようだ。

「ありがとうございます。……あの、なにか？」

微笑みながら声をかけると、彼女たちは顔を赤らめながら顔を見合わせている。

「な、なんでもありません！　ほら、行くわよ！」

一人がそう促《うなが》し皆を連れて行こうとしたが、別の使用人が一歩前に出てくる。

「あの～もしかして……あなた様は、月の姫君様でいらっしゃいますか？」

「あっ、そんなはっきり聞くなんて失礼じゃない！」

「だってぇ」

興奮した様子で目をキラキラと輝かせた使用人たちにあっという間に囲まれて、ライラは表情を緩《ゆる》めた。

屋敷に入ったライラが、銀色の髪を隠していたフードを外した瞬間、使用人たちの間に低いどよめきが広がったのを思い出す。

滅多に見かけない鮮やかな銀髪に加えて、王に寄り添う姿。サマルド国の民ならば、その姿を見て思うことは一つだ。

以前のライラなら、とんでもないと必死に否定していただろうが。

「はい」

照れくささで頬を染めながらもはっきり返事をすると、きゃあっと黄色い声が上がった。

「ほら、だから言ったじゃないのー！」

「素敵……！　生きてるうちに本物の姫君様を見られるなんて」

「あのっ、太陽王と結婚なさるんですか⁉」

矢継《やつ》ぎ早《ばや》に質問を浴びせられ目を白黒させていると、一番年長と思われる使用人が他の者たちを一喝した。

「王都からわざわざおいでいただいてるんだよ！　お疲れなんだから、これ以上はお邪魔してはだめよ」

アレンの後を追いこの地に来たライラが、単なる旅行でないことは彼女たちもわかっているのだろう。

はあい、と残念そうな返事をしつつ使用人たちはライラの周りから離れ、渋々といった様子で部屋の前から立ち去ろうとする。

「それでは私がご案内いたします。湯浴みのお手伝いをいたしましょうか？」

皆が離れていったのを見計らって先ほどの使用人がライラに申し出ると、途端に「ずるいっ」と非難する声が聞こえてきた。

ライラはその様子にくすくすと笑いながら、丁重にその申し出を断った。そうでないと、今度は誰が手伝いをするかで揉《も》めることになってしまいそうだ。

最近でこそ侍女に支度を手伝ってもらうようになったが、元々は自分でするのが当たり前だった。

ライラが使用人としてひっそり生きてきたと知ったら、彼女たちはさぞかし驚くに違いない。

案内された場所で簡単に湯浴みを終え、部屋に戻るとコンコンとノックの音が聞こえてきた。

ドアを開けなくても、気配でアレンだとわかる。いつの間にか、アレンの気配には敏感になっていたようだ。

扉に駆け寄り勢いよく開くと、そこに立っていたアレンがぐっと眉に皺《しわ》を寄せた。

「そんな恰好をしているのに確認もせず扉を開けるなんて、不用心だ」

言われて自分の姿を見下ろしてみれば、確かに湯上がりに纏《まと》ったナイトドレスはかなり薄手で、ガウンを着ないと身体の線がはっきりとわかってしまう。

アレンが心配してくれるのが嬉しくて、ライラは顔を綻《ほころ》ばせた。

「大丈夫ですよ。だって、開ける前からアレン様だとわかるんですもの」

部屋に足を踏み入れたアレンに、躊躇《ちゅうちょ》なく抱きつく。

「アレン様……」

ライラよりも温かい体温に逞《たくま》しい身体。以前と何も変わらない感触に、涙がじわりとこみ上げる。一歩間違えばこの人を失っていたかもしれないと思うと、胸が苦しくなるほど切なくなった。

アレンは後ろ手で扉を閉め鍵をかけると、力強くライラを抱きしめ返した。

「ライラ。離れてから、お前の名を何度呼んだかわからない……」

しばらく言葉も発せずに互いの感触を確かめ合った後、どちらからともなく身体を離して見つめ合う。

「……もうお身体は、大丈夫なのですか？」

「ああ。ライラのおかげですっかりいい。おかしくないどころか、むしろ倒れる前より力が漲《みなぎ》っているような気さえする」

アレンはそう言うと、ライラの額に軽く唇をつけた。

「何があるかわからないからお前をクレイグに任せて置いてきたのに、こんな危険な場所まで来て」

「……怒っていますか？」

しゅんとしながら目を伏せると、今度は瞼《まぶた》にキスされた。

「怒る資格が俺にあるわけないだろう。俺のために……危険を顧《かえり》みずにここまで来てくれたんだ。自分の不甲斐なさに腹を立てることはあっても、お前を怒ることはない。それに、お前がここに来たのをこの屋敷の使用人たちも喜んでいる。国王はいつの時代でも存在するが、月の姫はそうではないからな」

アレンは笑いながら言うと、ライラの髪を優しく梳《す》いた。

「主《あるじ》が王家に裏切りを働いていたと知り……使用人たちにも不安や動揺があったろう。ここにいたのが俺と兵士たちだけでは、どうしても殺伐とした雰囲気になってしまうからな。お前の存在はとてもありがたい」

ライラはほっとして胸を撫で下ろしたが、それと同時にあることを思い出す。

「あの……噂されていた月の姫には……お会いになったのですか？」

アレンは、決まりが悪そうな顔をした。月の姫候補に会いに行くというのは口実にすぎないとクレイグから聞かされてはいたが、それでもアレンの口から本当のことを教えて欲しかったのだ。

「……誰から聞かされた？」

「城の皆の間で、噂になっていました」

目を伏せたライラは、こつんと額をアレンの胸につけた。

「どうして私がいるのに、別の方に会いに行かれるのか……アレン様を信じようと思っても、不安で仕方ありませんでした」

「余計な心労をかけまいと隠していたつもりだったが……いや、それも全て言い訳だな。すまなかった」

アレンはその腕にすっぽりとライラを包み込む。

「いえ……アレン様のお気持ちを信じられなかった私も悪いですから」

初めから月の姫は偽者と思っていたが、領主の伝えてきた情報に気になる点があったため自ら確かめる必要があったのだと説明された。取り調べた結果、領主は王家の機密は何も知らず、ライラのいた奇跡の街の噂を真似たのだとわかったそうだ。

「クレイグから聞いたぞ。俺を助けるのは月の姫である自分の役目だ。だから連れて行けと言ったと」

ライラは、腕の中でこくんと頷いた。

「言いすぎでしたでしょうか？　クレイグ様に……」

「お前は王妃になるのだぞ。それくらいの気丈さは必要だ」

アレンはそう言って笑った。

「城に帰ったら、あっという間にお前の話で持ち切りになるな。あんな力を兵士たちの前で見せつけたのだから」

アレンはライラの顔を覗《のぞ》き込んでくる。そして、長い指でライラの顎《あご》を掴《つか》むと上を向かせた。すぐ間近に見えるエメラルドの瞳に、頬を赤らめたライラの顔が映っている。

「ライラ……俺の伴侶はお前しかいない。太陽王としても、ただの男としても、傍で俺を支えられるのはお前だけだ」

「アレン様……」

ライラの桜色の唇に、アレンの唇が触れる。

「私、気づいたんです。アレン様は私を見つけてくださり、信じて、愛してくださった。それなのに私は、あなたに何も伝えていなかった」

ライラはサファイアの瞳で、アレンをまっすぐに見つめた。

「アレン様。私を見つけてくれて……ありがとうございます。私はただ一人の伴侶として、あなたを……愛しています」

「ライラ……ようやくその言葉が聞けたぞ」

アレンは喜びに満ちた表情で、ライラを力強く抱きしめた。


ナイトドレスがあっという間に脱がされ、二人はもつれ込むようにベッドの上へ倒れ込んだ。城と違って薄いカーテンの部屋には、月の光が煌々《こうこう》と差し込んでくる。

「ここは客間だから、ベッドが狭いな。俺にあてがわれた部屋に行った方がよかったか」

アレンがライラの身体を見下ろし後悔した様子で言ったが、お互いこれ以上触れ合う時間を先延ばしにするのは無理だとわかっていた。

「大丈夫です。狭い方が……アレン様に近づけますから」

上目遣いで言うと、珍しくアレンの頬が少しだけ朱に染まる。

「そういうことを、言うな」

アレンは身を屈《かが》めると、唇を重ねてきた。舌でちろりと唇をなぞられ、ライラは口を開けて彼の舌を求める。

「ん……っ、あ、ふ……」

互いに想いを伝え合った興奮からか、あっという間に身体が熱くなる。舌を絡《から》ませ口腔を味わいながら、ライラはアレンの衣服へと手を伸ばした。ボタンや紐の多い服とは違い、旅向きの簡素な衣服はライラでも脱がせやすい。

服の前を開けて露《あら》わになった逞《たくま》しい胸に手を伸ばし、ライラは固く引き締まった身体に手を這《は》わす。

アレンは少しくすぐったそうに身をよじった後、次は自分の番とばかりにライラの胸に手を伸ばした。既に尖《とが》り始めていた胸の先端を、指でくにくにと摘《つ》まんでくる。

「あ、ん……っ、は、ぁ……」

悩まし気な吐息に煽《あお》られるように、胸を揉《も》む動きはどんどん激しくなっていく。アレンはぷくりと立ち上がった胸の頂《いただき》に吸い付き、舌で何度も舐《な》め上げた。

ライラはアレンが胸に吸いつく様を見下ろしながら、そっと息をつく。それに気づいたアレンが、敏感な頂に歯を当てたまま口を開いた。

「何を、考えている？」

「は、あっ……そ、んな」

歯で甘噛みをしたまま囁《ささや》かれ、下腹部がきゅっと疼《うず》く。その状態で話をするのは辛かったが、アレンが待っているとわかって慎重に口を開いた。

「ん……もし、アレン様と出会わなければ、どうなっていたのかと……」

ライラを見上げていたアレンは、一瞬眉をひそめて頂から口を離すと、丸く柔らかな膨らみをかぷりと噛んだ。

「……っ」

痛みはほとんどなかったが、白い胸にうっすらと赤い痕《あと》がつく。

「そんなことを考える余裕があるのか」

「で、でも」

川辺でアレンに出会えたのは偶然だった。もしあの夜、ライラが水浴びをしに川へ行ってなければ——ふとそんな事を考えて怖くなったのだ。

アレンは手をライラの秘所へと伸ばし、指で優しくなぞって潤《うる》みを確認した。そしてそこが既に熱く濡《ぬ》れそぼっていることを確認すると、なんの躊躇《ちゅうちょ》もなくつぷりと長い指を埋《う》めていく。

「んんっ……や、あぁっ」

話の途中なのにいきなり蜜口を攻められ、ライラは喘《あえ》ぎ声に少しだけ抗議の色を滲《にじ》ませる。しかし、アレンはなんだか楽しそうに唇を綻《ほころ》ばせつつ指を動かし始めた。

ライラの身体を本人以上に知っている指は、あっという間に敏感な箇所を探《さぐ》り当てて緩《ゆる》やかに刺激してくる。蜜が零《こぼ》れる水音とともに指がバラバラに動き、ライラはきゅっと膣壁を締め付けた。

「熱く蕩《とろ》けているのに、すごい締め付けだな。今すぐにでも、ここに入れたくてたまらなくなる」

艶《つや》めいた声で囁かれ、さらに身体が蕩けてくる。ぐちゅぐちゅと淫《みだ》らな音が下腹部から響くのが恥ずかしかったが、アレンがどんどん気持ちよくさせてくるのだからどうしようもなかった。

ここは領主の屋敷で、城とは違う。どれだけ声が響くかもわからず、堪《こら》えようとしているのに、アレンの甘い愛撫にどうしても声が漏《も》れてしまう。

「アレ、ン、様ぁ……っ」

身をよじりながら名前を呼ぶと、その口をアレンの唇で塞《ふさ》がれた。

ライラは、自らの舌を彼の口腔へと差し入れ、熱い舌を絡《から》め取るように動かす。

舌同士が触れ合い唾液が零《こぼ》れる。それでももっと深い口付けを交わしたくてたまらない。

「ん、ふぅ……っ、んんっ、ふぁ」

鼻にかかった甘い声を上げながら、彼の舌を味わう。秘所から聞こえる水音に負けないくらいの音を立て、ぴちゃぴちゃと舌を絡めキスを繰り返す。

ライラの秘所を乱し続けていた指は、時折いたずらに敏感な蕾《つぼみ》に触れる。その度ライラは喉の奥を鳴らして高い声を上げそうになり、それがアレンの口腔へと吸い込まれていく。

ライラの唇を存分に味わい口を離したアレンが、ぴたりとライラを見据えたまま小声で言った。

「お前は……俺が国王でなければ愛さなかったか？」

まさかここにきてそんな質問をされると思っていなかったライラは、目を見張ってアレンを凝視した。

アレンが王でなかったらなど考えたこともなかったが、王だから惹《ひ》かれたわけでは決してない。

「そんなこと、ありません！」

「王でなければ、俺はお前と出会えなかっただろうな。お前は伝説の月の姫なのだから」

悲しくなって口ごもったライラは、はたと気づいた。先ほどのアレンだって、ライラにそう言われて悲しかったのかもしれない。

ほんの数秒の目の動きでライラが何を考え悟ったかを、アレンはわかったようだ。目を細めてライラを見つめ口を開く。

「運命を疑うな。もしあの川辺で出会わなかったとしても、俺は必ずお前を見つけ出した。お前が月の姫である限り」

ゆっくりと諭すように説明され、ライラはこくんと頷いた。アレンの自分への想いを疑うことは、同時に自分の想いも信じてもらえないということだ。それは、ひどく悲しい。

しゅんとしたライラを微笑みながら見つめると、アレンはちゅっと優しく頬に口をつけた。

「ようやくお前を存分に抱けるというのに、そんな事を考えているとは許せないな」

「そん……っ、あああっ！」

アレンはニヤリと笑うと、ライラの秘所を再び愛撫し始めた。

ライラを見つめながら激しく指で蕾を撫で上げる。

「アレン様、あぁ……っ」

アレンに身体をうつ伏せにされ、ライラはお尻を高く上げた体勢にされた。動物のような体勢に驚き身体を起こそうとすると、むき出しになった秘所にアレンが顔を寄せ激しく貪《むさぼ》りついてくる。

「あ、あああんっ！　だ、だめえ、やあっ」

恥ずかしい場所を晒《さら》しているだけではなく、じゅるじゅると滴《したた》る蜜を吸われてライラの顔は真っ赤になった。

こんな体勢は恥ずかしいと言いたくても、絶えず与えられる刺激に嬌声《きょうせい》を上げるしかできない。

「あ、あ、あっ、やぁぁぁ……っ！」

上半身を起こそうにも、快楽に負けてくたりとシーツの上にへたり込んでしまう。アレンの目の前に尻を高く掲げた姿は、今までしてきたどの行為よりも恥ずかしくて淫《みだ》らな姿に思えた。

「ああ、すごいな……こんなに濡《ぬ》らして、ひくひく動いている。蜜がどんどん溢《あふ》れてくるのが、わかるか……？」

アレンの秘所の様子をうっとりと説明され、ライラはシーツに顔をつけたまま弱々しく首を振った。アレンが舌を入り口にちゅぷりと差し入れると、僅《わず》かに広がった割れ目から蜜が滴《したた》り落ちる。美味《おい》しそうに音を立てて貪《むさぼ》りつかれると、どれだけ自分は蜜を溢れさせているのだろうと羞恥《しゅうち》で頭がくらくらとした。

実際、太腿を伝った蜜がシーツに染《し》みを作り始めている。

「や、アレン様……だめぇ、見ないで……」

訴えても、聞き入れてもらえるはずがない。アレンはふっと笑い、秘所から顔を離すと、今度はずぷりと指を差し入れてきた。

「や、ああっ、だめ、だめ……っ！」

長い指を易々《やすやす》と咥《くわ》えこむ秘所の様子を、アレンはじっと見つめているのだろうか。抵抗を示すように軽く腰を左右に振ったが、むしろそれは更なる愛撫を強請《ねだ》っているようにさえ映った。

指がざらざらとした膣壁をなぞり、時折何かを探すみたいにぐっと中を押してくる。それがライラの快感を覚える場所を探す仕草だとわかって、ライラは無意識にきゅうっとアレンの指を締め付けた。

「そんなに締め付けて……待ちきれないのか？」

アレンは笑いながら囁《ささや》き、指を三本に増やした。圧迫感に一瞬下腹部を引き攣《つ》らせたが、もう片方の手でお尻を丸く撫でられると気持ちよさで力が抜けていく。

そのうち、中のある一か所を押された瞬間、ライラの口から一段と高い声が上がる。すぐさまそこへの刺激が始まり、ライラはさらに秘所をひくつかせた。

「ああン……っ、は、あ、あああ、そこ、ああぁん！」

何度も擦《こす》られると奥からトロトロと蜜が溢れ出し、太腿を濡らす。アレンは指を入れたまま、溢れ出した蜜を舌ですくい音を立てて飲み干した。そして、指を動かしながら入り口や蕾《つぼみ》を舐《な》め始める。

「あ、あ、だめっ、そんな……っ、あ、あああぁぁ!!」

突然絶頂の波が腰の辺りから湧き起こり、耐える間もなく一気にライラをさらっていった。

体内に埋《うず》められたアレンの指をきゅうきゅうと締め付けながら、ガクガク腰を揺らす。そうして波がようやく収まった頃、ライラは力無く身体をシーツの上に横たえた。

ひくひくと震え続ける秘所から指を抜いたアレンは、その指にまとわりつく蜜をわざとライラに見せつけるように舐め上げた。

熱が引かない身体でそれをぼんやりと見上げていたライラは、みるみるうちに頬を赤く染めていく。達したばかりだというのに、身体はもっと強い刺激を求めてじわりと新たな蜜を溢《あふ》れさせる。

「ライラ」

アレンは身につけていた衣服を全て脱ぎ捨てると、ライラの脚を掴《つか》み大きく広げた。蜜できらきらと光る秘所を見つめながら、熱く滾《たぎ》った自らのものに手を添える。彼の太い先端からは透明の液が滲《にじ》み出していた。その粘《ねば》ついた液を広げるように昂《たかぶ》りを撫でてから、入り口の割れ目にぴたりと擦《こす》りつける。

ライラは、蜜をたっぷりと零《こぼ》しながら彼のものに貫かれるのを待ちわび、入り口をひくつかせた。

アレンはそれを目を細めじっと見つめた後、一気に腰を押し進める。

「はぁ……っ、ああああぁぁぁ……」

ぬぷりと音を立てながら、ライラは容易くアレンのものを受け入れた。太い先端がずぶずぶと内部を押し開き入ってくる感覚に、熱い息を吐く。

自分の中にアレンが入っている——。それは何とも言えず満ち足りた気持ちにさせてくれて、ライラはもっと彼を感じようと体内に意識を集中させた。

最奥《さいおう》まで腰を打ち込んだすぐ後に、ずるりと膣壁を擦りながらギリギリまで引く。そうして再び強く押し付けたかと思うと、ぐりんと腰を回した。

次第に腰の動きが速くなっていく。打ち付けられるごとに、昂りは圧迫感を増していった。

ゆっくりと動いていた時より、卑猥《ひわい》な水音も増していく。ぐちゅぐちゅと粘りを帯びた音と、肌がぶつかり合う音が部屋に響いた。

「や、あああぁっ、いい……っ！」

声を堪《こら》えようとしていたことなどすっかり忘れ、ライラの口からはひっきりなしに嬌声《きょうせい》が漏《も》れた。

奥に向かって昂りを押し付けられると、無意識に腰が揺れる。そうして彼を受け入れつつ、もっと気持ち良くなろうと内部が蠢《うごめ》いた。

差し込む度にきゅうっと締め付け蠢く秘所に、アレンがぐっと歯を噛み締めた。そしてひとつ深く息を吐いたかと思うと、また激しく動き始める。

「ライラ……愛してる」

荒い息を吐きながら、アレンが小声で言った。

激しい交わりの中でともすれば聞き逃してしまいそうなほど小さな囁《ささや》きだったが、ライラにはしっかりと届いていた。耳に響く優しい響きに、じわりと涙がこみ上げる。

「ア、アレン様……あ、んっ、あ、私……っ」

ちゃんと伝えたいのに、彼の激しい熱を受け止め快楽に震えながらではうまく伝えられない。

力強く突き上げられつつ、ライラは再び絶頂の波が押し寄せようとしているのを感じた。その前に、と必死に首をもたげて彼の顔を見上げる。新緑のような緑の目に欲情の炎を灯《とも》し、アレンがライラを見下ろしていた。

「……アレン、様」

愉悦《ゆえつ》の波を漂いながらも、ライラは必死に息を整え言葉を発した。その瞬間、ずんっと奥を抉《えぐ》られ喘《あえ》ぎ声を漏らしたが、それでも涙の滲んだ瞳でアレンを見据える。

「愛して、います……ずっと、今も、これからも……っ」

深くまで差し入れた昂《たかぶ》りを動かさず、アレンもまたライラを見つめ返す。

「マーガレット様のお部屋で……アレン様の肖像画をお見かけした時から。どうしてか、胸がどきどきして仕方なくて……だから、初めてお会いできた時は嬉しくて」

アレンがライラに手を伸ばして頬をそっと撫でる。その手に自分の手を重ね、うっとりと頬ずりをして、ライラは言葉を続けた。

「今でも……こうしてお傍にいられるのは、夢のようです。愛しています、アレン様……」

「ライラ……っ！」

アレンがたまらず唇を寄せ、深い口付けをした。舌を絡《から》め合い、アレンは力強くライラを突き上げる。気持ちを伝えるのに必死で遠ざかりかけていた絶頂の波が、再び押し寄せてきた。

口付けを交わし甘い声を上げながら、何度も愛していると囁《ささや》く。頷く代わりにアレンは力いっぱいライラを抱きしめると、自らの快感に突き動かされるように猛然と攻めたててきた。

一層深く突き入れられた昂りが子宮口を抉《えぐ》った瞬間、ライラは悲鳴にも似た高い声を上げて絶頂に達していた。

「あ、あああああぁぁっ……！」

「くっ……！」

そのすぐ後、アレンもまた腰を揺らして溢《あふ》れんばかりの精をライラの中に放つ。ぞくぞくとした快楽の波に襲われながら、二人はしっかりと抱き合い口付けを交わした。

「アレン様、愛してます……」

「ライラ、俺も愛している」

舌を絡ませ合い想いを伝える二人は、繋《つな》がりを解かずにいつまでも互いの身体を優しく抱きしめていた。


それから数か月後。

輝くばかりの白銀の髪を長く後ろに垂らし、純白のウエディングドレスに身を包んだライラは、鏡の前で自分の姿を見つめていた。

「ライラ」

いつもは使用人服に身を包んでいるザラも、今日ばかりは上等なドレスを着ている。

「本当にいいのかしら。私が、結婚式に参列するなんて……」

「もちろんよ。だってザラは、私を育ててくれた大事な人なんだから」

ライラがそう微笑みかけると、ザラは目に涙を浮かべてライラの肩を抱いた。

「本当に……アレン様がライラを見つけてくださってよかった。私の力では、どうしようもできなかったもの。幸せに……どうか幸せにね」

ザラは小さな頃からライラに不思議な力があると感じてはいたものの、使用人の身分ではどうすることもできなかったのだという。ただ守ることしかできなかったと言うが、それだけで充分だ。

「うん。ありがとう。ザラ……これからもずっと傍にいてね」

結婚式に参列するためにザラが部屋を出て行くと、入れ替わりにアレンが姿を見せた。真っ白い正装に長いマントをつけ、王冠をのせた姿に思わず見とれてしまう。

「今日は……一段と美しいな」

アレンはそう言ってライラを抱き寄せると、白銀の髪にキスをした。

「アレン様も……とても素敵です」

ライラがそう伝えると、アレンの腕の力がなお強くなる。

「お二人様、そろそろお式の時間ですよ。いちゃつくのは後にしてくださいね」

部屋を覗《のぞ》き、若干面倒くさそうに告げたクレイグの言葉に笑いながら、互いに手を取り歩き出す。

「城の外に、国中の者が押しかけているらしいぞ。皆、月の姫の姿を見たくてたまらないようだ」

式が無事終わった後には、城のバルコニーから初めて二人揃って国民の前に姿を見せるのが王族の慣《なら》わしとなっている。それを見るために国民が城を取り囲むのもまた通例であるが、今回ばかりはその数が尋常ではないようだ。

「混乱が起きないようにと警備にあたっている兵士たちが、てんてこまいらしい。クレイグが嘆《なげ》いていた」

「まあ……そんなにたくさんの方々が来てくださったのですね」

ライラの言葉に、アレンは頷いた。

「語り継がれる月の姫のおとぎ話が本当であったと、国中の誰もがこの目で確かめたいのだろう」

アレンはそう言うと、ライラに口付けを落とした。

城の一角にそびえたつ教会の中には、二人を知る限られた人のみが参列している。牧師の前で永遠の愛を誓った二人は、今度は揃って城のバルコニーへと姿を見せた。

黄金の髪を持つアレンと、白銀の髪を持つライラが現れた瞬間。辺りは割れんばかりの歓声に包まれ、人々は喜びと興奮の声を上げた。

「サマルド国、ばんざーーーい！」

「陛下、ライラ様、おめでとうございますー！」

「太陽王と月の姫君、お幸せにーーー」

人々からの歓声に応えるため、ライラは笑みを浮かべて手を振った。月の姫だと自信が持てなかった頃とはもう違う。

今やライラは王妃として、そして太陽王を支える月の姫として——アレンの隣に堂々と並んでいた。

「ライラ」

ふと呼びかけられアレンを見上げると、唇が降りてきた。二人のキスに、集まっていた国民はさらに沸く。

「皆の前で誓おう。お前への永遠の愛を」

「アレン様……」

ライラは一筋の涙を零《こぼ》しながら、今度は自分からアレンへ唇をつけた。

「私も……誓います。一生あなたを愛し、傍にいることを」

「ライラ」

再び唇を重ねた二人に、盛大な拍手と歓声が届いた。

白銀の輝きを髪に閉じ込め生まれ出た娘は、月の姫と呼ばれて太陽王の花嫁となる。そして、サマルド国にさらなる繁栄をもたらすだろう――

人々はサマルド国に繁栄をもたらす伝説の姫が王妃となった喜びに、終わることのない拍手を送り続けた。

エピローグ

「――こうして銀色の髪を持つ月の姫は、勇敢なる太陽王のお嫁さんになりました」

頬を桃色に染めた少女が、キラキラと輝く瞳でライラを見上げている。金色に輝く髪はふわふわとカールしていて、陽の光を浴び綿毛のように軽やかに揺れている。

「はーっ、素敵なお話だった！　ねえお母様、月の姫って本当にいらっしゃるの？」

「ふふ。どうかしらねえ……」

自らの銀色の髪に無意識に手をやりながら、ライラは微笑んだ。この国の幼子が誰しも母親から聞かされるように、いつからかライラも自分の娘に『月の姫』の話を聞かせてやるようになった。

けれどそれが他の人と違うのは、物語の主人公が自分ということだ。

生まれた時から銀色の髪を見ている幼い娘には、まさか自分の母親がおとぎ話に出てくる月の姫だとは思わないだろう。

王子様がお姫様を愛するただのおとぎ話だと思い込み、頬を染めてうっとりと空想の世界にひたっている。

「よかった。姫様、ここにいらっしゃってたんですね」

コンコンとノックをして顔を覗《のぞ》かせたザラが、お目当ての少女の姿を見つけてほっとしたように息を吐いた。

「クレイグ様が、お探しになってましたよ。午前中の勉強がまだ終わってないって」

少女はひっと飛び上がると、途端にライラのドレスの裾にまとわりついた。

「まあ。またお勉強の途中で逃げてきたの？」

「だって……お勉強よりお母様とお話ししていたいんですもの。それに、クレイグってちょっと怖いし……」

口を尖《とが》らせた少女が、ライラのドレスをきゅっと握り締めた。

「クレイグが怖いのは、本当にあなたのことを思っているからなのよ」

諭すように話しながらふわふわの金髪を撫でてやると、ザラもまた優しい眼差しで少女の傍にしゃがみこむ。

「お勉強も大切なお時間なのですよ。ザラも一緒にクレイグ様のところへ行って差し上げますから、参りましょう」

「う……ザラが一緒に行ってくれるなら、行く……」

元気でお転婆な娘は、ライラ以外にはザラの言うことをよく聞いた。彼女の小さな手を、ザラがすっぽりと包み込む。

「さあ、一緒にクレイグ様に謝りましょうね」

ザラはちらりとライラを見上げ、大丈夫とでも言いたげに微笑んだ。ライラの育ての親であるザラにとって、娘は孫のような存在なのだろう。こうしていつも傍で見守り、面倒を見てくれている。

「お勉強が終わったら、またお話ししましょうね」

「はい、お母様」

少女がザラに手を引かれて部屋を出て行く。それを穏やかに見送った後、ライラは窓際の長椅子にそっと腰を下ろし目を瞑《つぶ》った。

暖かな陽射しの下でまどろみながら、ふっくらしたお腹にそっと手を当てる。

使用人として働いていた時には、明るい未来を思い描いたことなど一度もなかった。しかし今、たとえようもなく、幸せな日々を送っている。

こうして温かく幸せな時間が来ることを、あの頃の自分に伝えてあげたいと思う。

うとうととまどろんでいたライラは、耳元で甘い囁《ささや》きが聞こえた気がしてうっすらと目を開けた。

「――ライラ」

娘と同じ見事な金髪のアレンが、すぐ傍で微笑んでいる。

「あ……ごめんなさい、眠っていたのかしら……」

「子を身ごもっている時は、眠たくなるというからな。いくらでも眠っていいのだが、こんなところで寝ていて椅子から転げ落ちたら大変だぞ」

アレンはそう言うと、長椅子にもたれていたライラの身体をひょいと抱き上げた。ライラはそっと身体をアレンに預け、彼の首に腕をかける。

「もうすぐだな」

「それは、二人の記念日の話？　それとも、この子が生まれてくること？」

クスクス笑いながら尋ねると、アレンはライラに軽くキスをして両方だと笑った。

サマルド国民の前で永遠の愛を誓ってから、もうすぐ六年が経とうとしている。

――太陽王と月の姫が結ばれし時、サマルド国にさらなる繁栄をもたらす。

その言い伝えが本当かどうかはわからないが、ライラが正式に王妃となってからは目立った災害や疫病《えきびょう》もなく安定した気候が続いている。

人々は名君として益々アレンを称《たた》え、彼は王の座を揺るぎないものにしている。

「お腹の子は、どちらに似て生まれてくるだろう」

柔らかいベッドの上にライラをゆっくり降ろしながら、アレンは嬉しそうに呟《つぶや》いた。

「どちらに似るかはわからないけれど――男の子よ」

確信に満ちた笑みでライラが言うと、アレンはさして驚くでもなくライラの髪を撫でた。ライラが持つ力を思えば、自らに宿る生命の性別を当てるのなど簡単と思っているのかもしれない。

「そうか。クレイグが喜ぶだろうな。ようやくこれで跡取りの心配をしなくてすむと」

アレンは身を屈《かが》めて、ライラに口付けをした。娘には怖がられているクレイグだが、誰よりもアレンとライラの幸せを願い、そして娘の健《すこ》やかな成長を願ってくれている。

彼の妻にも、先ごろようやく子が授かった兆《きざ》しがあったという。お腹のこの子と同い年となれば、きっと仲良く育ってくれるだろう。

ライラはそっと自分のお腹を撫でながら、アレンへと手を伸ばした。

「アレン様……」

アレンは微笑み、子を宿しふっくらと丸みを帯びたライラの身体を優しく抱きしめる。

月の姫について記した書物によれば銀色の髪の色が、子供に継承されることはないと言う。

けれどアレンによく似た娘を見ていると、ライラはお腹の男の子は銀色の髪を持って産まれてくるのではないかと予感していた。

サマルド国の歴史に新たな王子の誕生が記されるのは、もうすぐだ。

「アレン様、愛しています……」

「ライラ。俺も愛している」

二人は互いに囁《ささや》き合いながら、幸せを噛み締め甘い口付けを何度も交わしていた。

マイペースで、ちょっと変人扱いされている王女のリーザ。そんな彼女は、国王の命でお嫁に行くことに!?　お相手は、氷の如く冷たい容貌でカタブツと名高い「氷将レオンハルト」。突然押し付けられた王女を前に少し戸惑っていた氷将だけど、初夜では、甘くとろける快感を教えてくれて――。辺境の北国で、雪をも溶かす蜜愛生活がはじまる！

定価：本体1200円+税　　Illustration：瀧順子

「嬉しいですね。さっそく色々してもよろしいんですか」

薬草園を営むメリッサのもとに、隣国の蛇王さまが休暇にやってきた！　たちまち彼と恋に落ちるメリッサ。だけど魔物の彼と結ばれるためには、一週間、身体を愛撫で慣らさなければならず——？
蛇王さまの夜の営みは、長さも濃度も想定外！
伝説の王と初心者妻の、とびきり甘～い蜜月生活！

定価：本体1200円+税　Illustration：瀧順子

君の細い足首には、銀の鎖がよく映える

父王の命令で、とある貴族と結婚することになったオリヴィア。嫁ぎ先では、なぜか足を鎖で繋がれて生活することに？　自由も体も奪われたオリヴィアは、彼の手によって、みだらに開発されていき――貴公子様の歪んだ独占欲に振り回される、溺愛ロマンス！

定価：本体1200円+税　　Illustration：蔦森えん

里崎 雅（さとざき みやび）
北海道在住。幼少より趣味で描いていた小説を、2011 年から Web サイトにて公開。趣味は読書と音楽鑑賞。「7 日間彼氏」にてデビューに至る。

イラスト：一色箱

太陽王《たいようおう》と蜜月《みつげつ》の予言《よげん》

里崎 雅（さとざき みやび）

2015年 12月25日初版発行

編集－本山由美・羽藤瞳
編集長－塙綾子
発行者－梶本雄介
発行所－株式会社アルファポリス
〒150-6005東京都渋谷区恵比寿4-20-3恵比寿ｶﾞｰﾃﾞﾝﾌﾟﾚｲｽﾀﾜｰ5階
TEL 03-6277-1601（営業） 03-6277-1602（編集）
URL http://www.alphapolis.co.jp/
発売元－株式会社星雲社
〒112-0012東京都文京区大塚3-21-10
TEL 03-3947-1021
装丁・本文イラストー一色箱
装丁デザインーansyyqdesign
印刷－株式会社廣済堂

価格はカバーに表示されてあります。
落丁乱丁の場合はアルファポリスまでご連絡ください。
送料は小社負担でお取り替えします。

ISBN978-4-434-21435-6 C0093